松本竣介「ニコ[illegible]41 頃
37.8 × 45.3 [illegible]館蔵）

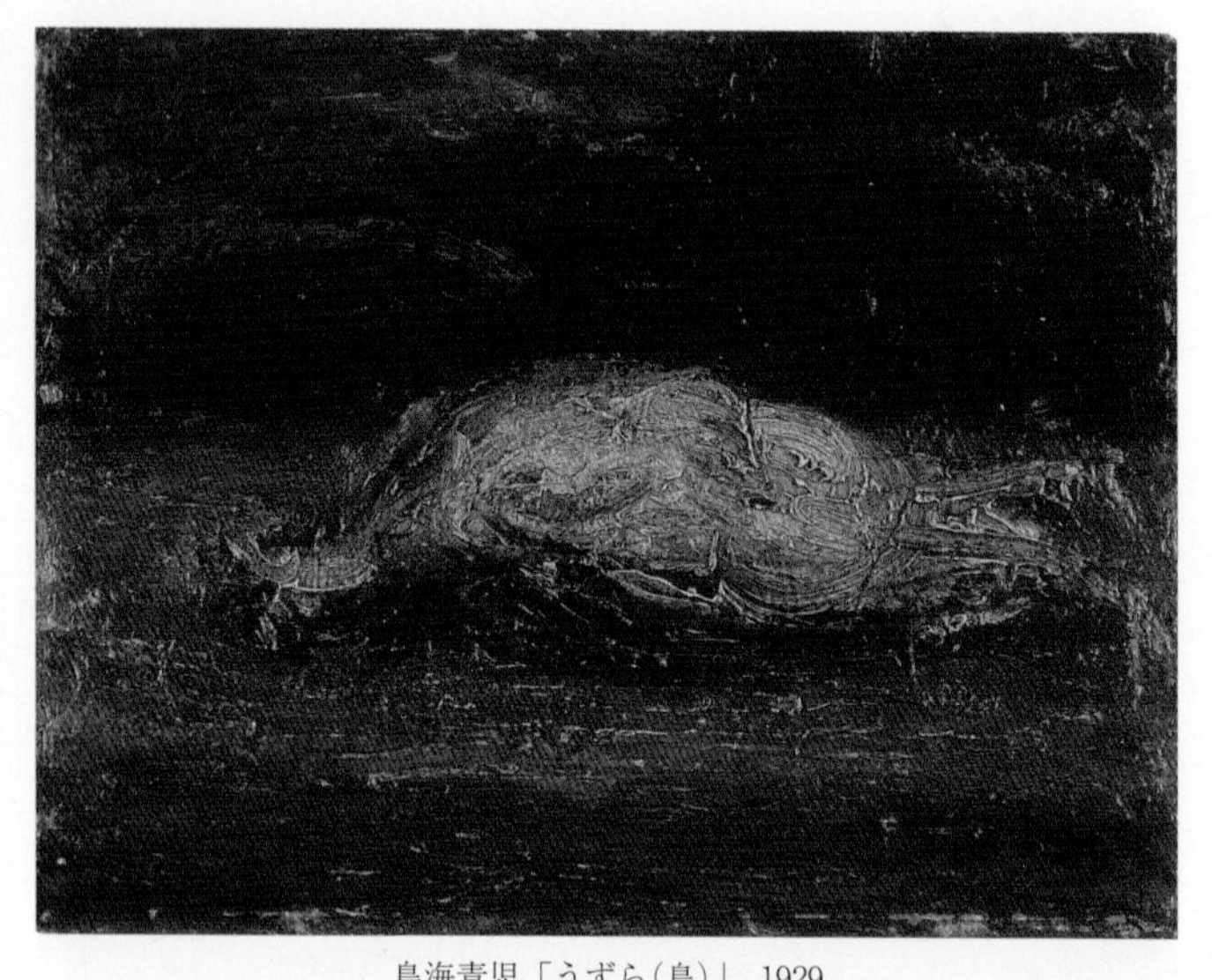

鳥海青児「うずら(鳥)」 1929
20.3 × 26.7　油彩（宮城県美術館蔵）
本文56頁

村山槐多「差木地村ポンプ庫」 1916
60.6 × 50.5　油彩　(本間美術館寄託)
本文 195 頁

佐藤溪「蒙古の女」 1950
73.0 × 59.5　油彩（大分県立美術館蔵）
本文 263 頁

ちくま文庫

洲之内徹ベスト・エッセイ1

洲之内徹
椹木野衣 編

筑摩書房

洲之内徹ベスト・エッセイ1　目次

画廊のエレベーター　9
海老原喜之助「ポアソニエール」　23
松本竣介「ニコライ堂」　36
中村彝と林倭衛　47
鳥海青児「うづら」　56
森田英二「京都花見小路」　66
四畳半のみ仏たち　83
山荘記　98
海辺の墓　114
続　海辺の墓　128
銃について　144
セザンヌの塗り残し　159

フィレンツェの石　174
村山槐多ノート（一）　189
月ヶ丘軍人墓地（二）　206
その日は四月六日だった　222
朝顔は悲しからずや　237
モダン・ジャズと犬　254
守りは固し神山隊　269
〈ほっかほっか弁当〉他　285
解説　洲之内徹　狂狷（きょうけん）と気まぐれ　椹木野衣　303
底本一覧　316

凡例

一、文章の再録にあたって、適宜必要に応じてルビを加えた。中国の地名については、洲之内の表記に倣い、現地の読み方をカタカナのルビにて併記した。また、明らかに誤記と考えられる箇所は正した。

二、編者の付した注は［　］内に記した。

三、図版のデータの記載は、制作者名、題名、制作年、寸法（cm×cm）、画材、所蔵者とした。

三、底本情報は巻末に、初出年は各エッセイの末部に記した。

四、本書のなかには、今日では差別的とも受け取れる表現があるが、作品の歴史価値と著者が故人であることを考慮し、そのまま収録した。

洲之内徹ベスト・エッセイ1

画廊のエレベーター

はじめて私の画廊に来て、ビルのエレベーターに乗る人は、みな、多少とも緊張するらしい。見ただけで、決して乗ろうとしない人もある。

いつだったか、画廊に見えた三雲祥之助、小川マリ御夫妻を送って出て、私が扉を開けて先に乗りこみ、三雲さんを招じ入れて小川さんを待っていると、後からきた小川さんは廊下に立ち止って、足を踏み入れようとせず、呆れたようにご主人の顔を見て、

「まあ、あなた大胆ねえ」

と言ったと思うと、ご自分はひとりで階段のほうへ歩いて行ってしまわれた。

三雲さんたちが来られたのは、これがはじめてではなかった。してみると、それまではいつも階段を上り下りしていられたのだろう。私が気がつかないだけで、専ら階

段を利用している人は案外多いのかもしれない。三年間も、ということは、私の画廊がいまの場所に移って以来ずっとということだが、始終画廊へ遊びにきていながら、ぜったいこのエレベーターには乗らないという友人も一人、二人ある。

危ないか危なくないか、乗ってみなければわかるはずはないが、見るからに旧式なのである。だが、これはビルそのものが古いのだから当然だろう。建築家の友人の話では、このビルは関東大震災の後、東京市が指導して建てた模範的耐震耐火構造の何々式という建物だそうで、いまは敬遠されるエレベーターも、当時は最新式だったにちがいない。たしかに、いまの銀座ではめったにお目にかかれない古典的スタイルだが、なんでも新しがり屋の東京とちがって、伝統を重んじるパリでは、現在でもアパルトマンなどのエレベーターはこの式のものが多いということで、画家たちのうちには、パリを思い出すと言って懐かしがる人もある。私としては、どうせ貧乏画廊で、お目にかけられるようなものはないのだから、せっかくお出でになったら、せめてこのエレベーターに乗って行ってください、と言いたいところである。

危ないどころか、旧式なるが故に却って安全な面もある。エレベーターの箱の前面と、各階のエレベーターの乗降口とは、どちらも片側へ引き寄せて開けるようになった、蛇腹式の、細い鉄の棒を並べたシャッターで、だからエレベーターが動いているときも、止っているときも、廊下からはエレベーターの中が、エレベーターの中からはどの階かの廊下が、二重の鉄格子のスクリーンを透していつも見えている。従って、扉が閉るとたちまち密室に変る最近のエレベーターとちがって、強盗や痴漢の活動する余地がない。また、万一なにかの故障で、途中で止って動かなくなっても、大声で怒鳴ればよいわけで、怒鳴って動き出すというわけには行かないにしても、すくなくとも、狭い暗黒の鉄の箱の中に閉じこめられ、まかりまちがえば窒息するかも知れないというような不安と恐怖は味わわないで済む。

それに、画廊のソファに坐ってパイプを燻らしながら、ドアのガラス越しに、そのドアと廊下を距ててちょうど向きあったところを、余所の階へ行く見知らぬ人たちを乗せた素通しのエレベーターが、音も無く静かに上って行ったり、また降りて行ったりするのを見ているのも、なんとなく面白い。ミニスカートの若い女性の脚が天井のほうからだんだん伸びてくるなどは、殊に趣がある。どこか四階か五階のオフィスの男女が、わざと抱擁して接吻を交わすような恰好を作って、眼だけ横眼でこちらを見て、廊下の人間を笑わせながら下って行ったこともあった。

もっとも、この旧式のエレベーターが、いいことばかりというわけには行かないのも勿論である。廊下の乗降口のシャッターは、エレベーターがその階に止って、二重のシャッターが重なり合わないと開かない仕組みになっていて、うっかりシャッターをあけてエレベーターのいない穴の中へ落ちるようなことのないようにしてあるが、なおそのうえに、シャッターの枠にくり抜いた小判形の孔（あな）の内側に、銃の撃鉄（ひきがね）のような具合の舌がついていて、これに手を掛けないと、いくら格子の鉄棒を引っ張っても、シャッターは開かない。そのことは、エレベーターの箱の壁に、「エレベーターの運転方法」という細かい字の注意書きが貼（は）ってあって、その中のどこかに書いてあるのだが、そんなものを読む人はいないので、目的の階に着いて、さて出ようと思って格子の棒に指をかけて引いても押しても開かず、大騒ぎをすることになる。そんな人に限って、自分のせっかちは棚に上げて、こんなおっかないエレベーターには二度と乗らないなどと言いだすのだが、展覧会でも始まると、後から後から、エレベーターから出られないで周章（あわ）てる人が現われるので、女の子を一人、エレベーター係につけておいて、シャッターがガチャガチャ鳴りだすと、飛んで行って助け舟を出さなければならない。また、このエレベーターは、二重のシャッターのどちらもが完全に閉ってないと動かないようになっているのに、エレベーターの戸はひとりでしまるものと決めて、開け放したままで画廊へ入ってきてしまう人もある。すると、たちまち他の階から怒鳴られるので、絶えず気をつけていて、開け放しにした当人に気まずい思いをさせぬよう、さり気なく立って行って、閉めてくる心遣いも必要である。

森さんという女の子が店にいた頃のことだが、ある日、退勤時間の六時を過ぎて、急いで帰って行ったはずの彼女が、すぐまた引き返してきて、

「大変です、エレベーターの中に人がいて、出られなくなっています」

と言った。彼女のことを店ではおけいちゃんと呼んでいたが、おけいちゃんが階段から降りて、一階のエレベーターの口の前を通ると、止っているエレベーターの中に若い女が二人いて、呼びとめられた。六時になると、三階の私の画廊と、五階の洋服の仕立屋の他は、ビル中のオフィスは大方しまいになるので、それ以後は、昼間は絶えず人の出入りしている一階の出口の廊下も、めったに人が通らなくなる。おけいちゃんが通らなかったら、中の二人は、まだ当分その状態でいなければならないところであった。

おけいちゃんがやってみても開かないというのだから、シャッターの故障だろう。私に修繕の知識があるわけはないが、とにかく店の道具箱の中からいちばん太いドライバーを持ち出して、おけいちゃんの後から一階へ降りて行った。見ると、二人とも二十前後と思われる娘たちであったが、一人は私も顔を知っている近所のトンカツ屋の女店員で、片手に出前の丼（どんぶり）を捧（ささ）げるように持っている。五階の洋服屋へ出前にきて、

たまたまそこへ来合せたもう一人の娘といっしょにエレベーターに乗ったが、ボタンを押しても動かない。出ようとすると、こんどはシャッターが開かなくなった、ということのようであった。

私はドライバーを梃子に使って、シャッターの枠の掛け金を外そうとしたが、掛け金は外れずに、ドライバーのほうがくの字に曲ってしまった。到底私の手には負えそうもないので、おけいちゃんを六階の管理人室へ、管理人を呼びにやったが、どこへ出かけてしまったのか、部屋にいなかった。

「もし管理人が帰ってこなかったら、今夜中には開かないかもしれないぞ、そうなったら君達どうする？」

「いいわよ、このカツ丼食べてがんばるもん」

内心途方に暮れながら、内と外とでそんな冗談を言いあっていると、トンカツ屋ではないほうの娘が、

「このビルに洲之内さんという人がいますか」

と、私に訊いた。私は驚いて、娘の顔を見直した。

「ぼくが洲之内ですよ」

「あら、よかった、これ……」と、娘は手に持った四角な風呂敷包みを、私のほうへ

差し出しながら、「青江先生からお渡しするように言われて来ました」

「ははあ、すると、あなたはうちへ来たんですか」

「ええ、そうです」

青江先生というのは劇作家の青江舜二郎氏で、つい最近、イランだかパキスタンだかの出土品の、テラコッタの獅子の頭と、エジプトの古い貨幣を数点、処分してくれと、私は頼まれていた。青江さんはどこかの大学の先生をしているはずだから、品物を届けによこしたこの娘は、そこの学生なのかもしれない。

ところで、娘の差しだすその包みは、中身が固い木箱かなにかのようで、その角がシャッターの格子に閊えて、いろいろやってみるが、どうしてもこちらへ出てこない。「まあ待ちなさい」と、私は娘を制した。「品物が出ても、君が出られなきゃあどうしようもないや」

こうなっては専門家を呼んでくるより他はなかった。ビルの斜向いは消防署である。私はおけいちゃんに、消防署へ行って、エレベーターの故障を直してくれるところがどこか近くにないか、訊いておいで、と言った。消防署なら知っているにちがいない。

おけいちゃんが駈け出して行ったあと、私は格子の間から、エレベーターの箱の内部を、もういちどよく覗いてみた。すると、階数標示のボタンの二列に並んだ下に、やはり横に並んでスイッチが二つあって、その一つが下っている。

「そのスイッチを上げてごらん、そうすりゃ動くんじゃないか、シャッターも開くかもしれない」

トンカツ屋の娘がスイッチを入れ、私は扉の孔の引き金に手をかけて力いっぱい引いてみたが、やはり開かなかった。しかし、試しに五階のボタンを押させてみると、ガタンと音がして、箱が静かに上昇しはじめた。きっと、最後にエレベーターを使った誰かが、気を利かしたつもりで、スイッチを切って行ったのだろう。

「ようし、俺は階段から行く」私は大急ぎで、もう下半身しか見えなくなっている娘たちに向って叫んだ。「五階でやってみよう」

階段を一段とばしに駈け上って、五階に行ってみると、先に着いたエレベーターの中で、娘たちがシャッターをガチャガチャやっていたが、やっぱり開かないらしい。私も外から引いてみたが開かなかった。

それでは四階でやってみようと四階へ降り、そこでも駄目で三階へ降り、二階まできたとき、ビルのすぐ前で、消防車のサイレンの唸るのが聞えた。そして、再び一階へ降りてくると、エレベーターの扉の前に、ヘルメットをかぶった完全武装の消防夫が六、七人も群がり、ビルの入口からは外に停っている巨大な赤塗りの梯子車の頭部が見えていて、点滅する赤い回転ランプの光が四辺に反射し、物々しい光景であった。

消防車のまわりには、もう野次馬の人垣ができていた。

消防の親分らしいのが、子分らしいのに、

「おい、行って金梃子とハンマーを取ってこい」

と言い、とにかく具合を見ようというように、手をシャッターの引き金に掛け、力いっぱい引いた。すると、その親分に肩すかしを食わせるように、何の苦もなくシャッターが開いた。

私はやれやれと思ったが、同時に、なんとなく当惑した。果して、親分は、この人騒がせな間抜け野郎というように私の顔を睨んで、いかにも腹立たしそうに、

「このエレベーターはなあ、ここを引っぱりゃあ開くんだよ」

と言った。それはわかっている。私はもう一年半もこのビルで暮しているのだし、出前の女の子だって、毎日、一日に何回もこのエレベーターで上り下りしている。それでも、ついさっきまでは、ほんとうに、どんなにしても開かなかったのだ、と説明してみても、実際に、こう簡単に開いてしまってはどうにもならない。私にしてみれば、なにもビルが燃えているというのじゃあるまいし、おまけに十字路の角と角との筋向いで、大声で怒鳴れば聞えるくらいの近さなんだから、梯子車なんかで出動する

前に、誰かちょっと様子を見にくればいいじゃないか、と言いたいところであった。ところで、そのあとがまた大変だった。たった十字路を斜に横切るだけの距離でも、梯子車に大ぜい乗りこんできた以上、第何出動とかいうやつで報告しなければならないのかもしれないが、発見者、通報者、責任者、それから被害者というかどうかはわからないが、この場合はエレベーターに閉じこめられた二人の女の子などの、全部が住所氏名を聞かれ、書き留められた。管理人が出かけてしまっていないので、代りにビルの持ち主の名前と住所を聞かれたが、そんなもの、私が知るわけがない。ふと思いついて、私はおけいちゃんに、画廊へ帰って家賃の領収書を持ってこさせ、その中から消防の親分に書き取ってもらった。

この騒ぎの中で、おけいちゃん一人がご機嫌だった。

「あたし、生れて初めて消防自動車に乗ったわ」

と言うのだが、消防夫たちは彼女を道案内に、道路の向う側からこちら側まで、梯子車に乗せてきたのであった。

誰が何と言おうと、あのときのエレベーターはたしかに故障していたのだが、正常に動いているときでも、その構造上の特性から、悪気ではなく人を手古摺(てこず)らせる結果になることもある。

佐藤哲三の遺作展の初日に、梅原龍三郎氏が画廊へ来てくださった。梅原さんと佐藤哲三との奇しき因縁については別に書くつもりだが、佐藤が死んで十五年経ったいまでも、梅原さんの、この愛弟子に寄せる哀惜の情に些かも変りはないらしく、展覧会に先立って、軽井沢に滞在中の梅原さんに遺作展の計画を手紙でお報せすると、折り返し、速達で、展覧会の目録になにか書いてやろうとお返辞があり、東京へ帰られるとすぐ、その原稿を、また速達で送ってくださった。それにしても、まさかこのオンボロ画廊へ、しかも初日の早々にご自身で来られようとは思いもよらず、何の前触れもなしに、いきなり、

「梅原です」

と言って入ってこられたときには、私はすっかりうろたえて、あがってしまった。

ちょうど新潟日報の学芸部の人が取材にきていて、私は新聞に渡す作品の写真を選んだり、その説明をしたりしているところだったので、とりあえずお茶を出させておいて、これを片付けてからゆっくりお相手をするつもりで新聞社相手の用件を続けているうちに、椅子から立ち上った梅原さんは、会場の作品をぐるりと見て廻ると、そのまま出て行かれる気配で、私は周章てて後を追って飛んで行ったが、この展覧会に

とっていちばん大切な客人を、眼もくれずにうっちゃらかしておいた恰好になって、私はますますうろたえてしまい、もう廊下に出ている梅原さんに、

「あの、ちょっとお待ちください」

と言ったものの、どうしていいかわからない。

「ちょっとお待ちになってください、いまエレベーターを呼びますから」

と、お待ちくださいがエレベーターをお待ちくださいになってしまって、私は壁のボタンを押した。

「このエレベーターは動きますか」

シャッターの向うの空っぽの空洞を見ながら、ふしぎそうに言われるところをみると、梅原さんはこの三階まで、ゴミだらけの階段を上ってこられたのであろう。

「動きます、だいじょうぶです、私がお供をします」

言っているところへ、上から空のエレベーターが降りてきたが、止らずに眼の前を通過して、下へ行ってしまった。

「すみません、下で誰かが呼んだんです」

このエレベーターは、廊下だろうと箱の中だろうと、二つ以上の行先のボタンを押すと、押した順序には係わりなく、そのうちの遠い方へ先に行ってしまう。

梅原龍三郎「姑娘紅楼」 1939
30.2×22.4 鉛筆（宮城県美術館蔵）

一階でシャッターの開く音がし、閉る音がして、私は壁のボタンを押したが、しばらくすると、人の乗ったエレベーターが下から上へ、待ち構えている私たちの眼の前を通り過ぎて行った。まもなく、五階で、シャッターが開いて閉る音が聞え、それを待って、私は再び壁のボタンを押した。

「お待たせしました、こんどは来ますから」

しかし、降りてきたエレベーターにはやはり人が乗っていて、また私たちの前を素通りして、行ってしまった。

「ぼくは階段から、歩いて行きましょう」

と、梅原さんが言われた。もういち

ど引きとめる勇気は私にもなかった。後からついて行くと、梅原さんは、画廊に入って来られたときには気がつかなかったが、階段ではすこし足許（あしもと）が心許ないようで、手摺のない階段を、ときどき壁に手を突いて躰（からだ）を支えながら降りて行かれるのであった。

エレベーターが旧式で、構造がそうなっている以上、理論的にはこういうことになっても不思議はないが、それにしても、これまでいちどもこんなことはなかったのに、選りに選って、こういうときにこうなるとは……。

（初出　一九七三年六月）

海老原喜之助「ポアソニエール」

海老原さんの「ポアソニエール」を、最初私は原色版の複製で見たのだが、昭和十八年頃だったろうか［カバー画参照・編者補記］。

私は戦争中、日支事変から終戦の翌年にかけて足掛け九年北支で暮したが、昭和十七、八年頃は山西省の太原にいて、第一軍司令部で情報の仕事をしていた。そして、東亜新報という邦字新聞の、太原支局の保井さんという記者と識りあいになった。保井さんは一種の文学青年で、その頃、殊に現地ではもう全く見られなくなった戦前の文学書や詩集、限定版の山の本などを蜜柑箱に一杯持ってきていて、独身の保井さんの、それが全財産のようであったが、その中に、この「ポアソニエール」の入った画集があった。

あの画集はどこから出た画集だったか、画集とはいっても、一枚一枚額縁に入れられるようにばらばらになった体裁で、一人の画家に作品を一点ずつ、二十枚くらいの原色版を組にして帙に入れてあったが、「ポアソニエール」の他には、どんな作家のどんな作品があったか、私は全く憶えていない。私はただ、その「ポアソニエール」を見せてもらいに、しばしば保井さんの家へ出かけて行った。

やはり昭和十八年頃だと思うが、同盟通信の太原支局長だった小森武氏が、ある日、土方定一氏をつれて、私の公館を訪ねてきた。その前日、私は町に一軒の古本屋で、こんな土地には珍しいインテリ風の人物を見かけて何者だろうと思ったのだが、小森さんに紹介された土方氏が昨日のその人物であった。当時、土方さんは北京の興亜院の嘱託か何かをしていたはずで、太原へは双塔寺という寺の調査に来たということで、その案内を頼みに、小森さんが氏といっしょに私のところへ来たのだった。

別に私が案内するまでもない。通称双塔寺というその寺の、一つは唐、一つは宋時代という二つの塔は、太原の城壁の上からすぐ近くに見えている。ただ、どれ程の距離でもないそこまでの途中が、護衛なしの小人数では絶対安全とは言い難い。そこをどうしたらよいか、小森さんの案内というのは、その相談であった。

万全を期するなら、警備隊から兵隊を出してもらえばよいが、それも大袈裟だ。手続も面倒臭い。そこで、翌日、私は自分の家で飼っていたシェパードを一頭つれ、二十連発のモーゼル拳銃を尻にぶらさげて二人のお供をして行ったが、十八年頃の太原というのはそういうところであった。

昭和十八年といえば、現地軍が「十八春大行作戦」「十八夏大行作戦」というふうに、続けざまに、大行山脈の共産軍の根拠地に対する、いわゆる燼滅作戦を強行していた年で、共産軍が日本軍の「三光政策——殺光、焼光、滅光（殺し尽し、焼き尽し、滅ぼし尽す）」と呼んだ作戦であるが、その作戦のための作戦資料を作るのも私の任務のひとつで、それは憂鬱とも何とも言いようのない、厭な仕事であった。厭な仕事だったが、厭だと思いながら、私はそれをやった。ということは、つまり、私は抵抗などはしなかった。同時に、私は、いわゆる便乗もできなかった。なんとかしてこの戦争の意味を是認し、自分の心の負い目を軽くしようと思って、私はローゼンベルクの「二十世紀の神話」や、ハウスホーファーの「地政学」などを、まるで特効薬を試してみるように読んでみたりもした。昔は私の神様だった小林秀雄の、「近代の超剋」という座談会の本を見つけて飛びついたこともあったが、得るところは何もなかった。

そういう明け暮れの中で、どうしようもなく心が思い屈するようなとき、私はふと思いついて、保井さんの家へ「ポアソニエール」を見せて貰いに行くのであった。その「ポアソニエール」は一枚の、紙に印刷された複製でしかなかったが、それでも、こういう絵をひとりの人間の生きた手が創り出したのだと思うと、不思議に力が湧いてくる。人間の眼、人間の手というものは、やはり素晴らしいものだと思わずにはいられない。他のことは何でも疑ってみることもできるが、美しいものが美しいという事実だけは疑いようがない。絵というものの有難さであろう。知的で、平明で、明るく、なんの躊いもなく日常的なものへの信仰を歌っている「ポアソニエール」は、いつも私を、失われた時、もう返ってはこないかもしれない古き良き時代への回想に誘い、私の裡に郷愁をつのらせもしたが、同時に、そのような本然的な日々への確信をとり戻させてもくれた。頭に魚を載せたこの美しい女が、周章てることはない、こんな偽りの時代はいつかは終る、そう囁きかけて、私を安心させてくれるのであった。

終戦の翌年、私は引揚げてきて生れ故郷の四国の松山に帰り、はじめの二年ほどはそこで古本屋をやっていた。古本屋が潰れて汁粉屋をやり、その汁粉屋がまた潰れた後、麻雀クラブに泊りこんで、そこの客をカモにして配給の米代を稼いだりしていたこともあるが、その古本屋の時代に、私はもういちど「ポアソニエール」にめぐり会った。誰かが売りにきた本の中に、保井さんの持っていたのと同じ、あの画集があったのである。もっとも、このほうはだいぶ傷(いた)んでいて、帙(ちつ)の中身も半分以上なくなっていたが、さいわい「ポアソニエール」は残っていた。私は「ポアソニエール」を額縁に入れて、古本屋をやっているあいだは、帳場の壁に掛けていた。

東京へ出てからの数年はどうして食っていたのか、いまになってみると、自分でもよくわからない。とにかく何をやってもだめで、最後に仲間二人と三人きりの映画のプロダクションを作り、それが不渡り手形を摑(つか)んでポシャッて、全くにっちもさっちも行かなくなっているところを田村泰次郎氏に拾われて、現代画廊の番頭になったのだった。

現代画廊へ入ってまもなくの頃、ある日、私は腰越(こしごえ)の原奎一郎(はらけいいちろう)氏の家へ遊びに行った。原さんのやっている同人雑誌に、私は以前、自分の初めて書いた小説を載せてもらったことがあり、しかもそのとき同人に加えてもらいながら、以来十年近くも、いちども同人費を納めたことがないという有様で、お世話になりっぱなしだったが、どうやら定職らしいものを得て、なんとなく気持も落着いたところで挨拶(あいさつ)に行ったのだったと思う。

原さんは往年の平民宰相原敬(はらたかし)の跡取り息子で、いま住んでいるのがその原敬の別荘だった家であるが、廻り縁に畳が入って、そこへ応接セットの置いてあるような広大な座敷の床の間の壁際に、ふと見ると、あの「ポアソニエール」の実物がいとも無造作に立てかけてあって、一瞬、私は自分の眼を疑った。

一枚の絵を見て、私がこんなに感動、というよりもびっくりしたことはいちどもない。私は原さんに、この絵が私にとってどういう意味があるかを説明して、ぜひ譲ってくれないかと頼んでみたが、原さんは一向本気で聞いてくれなかった。

売るとも売らぬとも言わずに、原さんはこの絵の由来を私に話して聞かせた。原さんの話によると、海老原さんは昭和九年の一月に帰国し、その年の六月に日動画廊で第一回の個展を開いたが、「ポアソニエール」はその第一回展に出品されたのを原さんが買ったので、海老原さんは帰国のとき作品はおろか絵具箱さえ持って帰らなかったから、この絵は、その一月から六月までの間に描かれたのだろうということであった。

当時の原さんは、海老原さんの他に岡田謙三、島崎雞二等とも親交があり、気鋭の新人として注目を浴びてはいるが経済的には恵まれていないこれらの若い画家たちの、友人であると同時に、パトロン的な存在でもあったらしい。鳥海さんなどもその一人だったようだし、すこし時代は下るが松本竣介が「雑記帳」という雑誌を出したとき資金面のバックをしたのも原さんであった。もっとずっと前、萬鉄五郎も、原さんのところへ絵を持ちこんで買ってもらったことがある。八号のその静物は後に私が買わせてもらったが、萬さんがその絵を持って行ったとき、原さんは、言い値で快く買ってくれ、それを徳として、萬さんは生前、もっといい絵を持って行ってとり換えてあげなければと言い言いしていたと、これはもう一人の原さん、原精一氏から私が聞いた話である。

ついでに書いておくと、原さんは島崎雞二の作品を、代表作を含めてだいぶん持っていたということだが、全部戦災で焼失した。原さんの芝の家から腰越へ疎開するために荷造りをして、明日は送り出すというその晩に焼けたということで、そのとき、海老原さんの小品を数点、これは防空壕(ぼうくうごう)へ投げこんでおいて逃げたが、翌日行ってみると、防空壕は助かっているのに、絵が失(な)くなっていた。あんなときに絵を盗むやつがあるとも思えないが、と原さんは不審がるのであるが、そうと聞いて海老原さんが、怪(け)しからんと言って肚(はら)を立てた。絵を盗んだやつが怪しからんというのかと思ったら、絵を失くした原さんが怪しからんというのだったと、私にその話をしながら原さんは苦笑いした。

海老原さんの作品では「ポアソニエール」と、他何点かは、はじめから腰越に置いてあったので助かったのだが、その「ポアソニエール」を、先に書いた第一回展で、第一書房社長の長谷川巳之吉氏が見て、それがもう売約済になっていると知って、ひどく口惜しがった。以後、海老原さんの個展には、長谷川氏は初日の第一番に来るようになったということであるが、長谷川氏も熱心な海老原ファンのひとりで、戦前から戦争の初期にかけて、春山行夫の編輯で同社から出ていた「セルパン」という雑誌は、毎号海老原さんの表紙であった。

ところで、その年の暮も近くなって、ある日、原さんから、金が要るので何か品物を売りたいから、いちど遊びに来てくれと言ってきた。私は前に頼んだ「ポアソニエール」を売ってくれるのだろうと思い、そのつもりで喜び勇んで出かけて行ったが、行ってみると「ポアソニエール」はやっぱり駄目で、原さんの売りたいのは庭の切支丹燈籠であった。なんでもたいへん結構なものだということだったが、どんなに結構な燈籠でも、燈籠なんか私は欲しくない。これは私のほうで断わった。

そのとき何を買ったか、いまちょっと思い出せないが、何か買ったはずで、買わなければ原さんは困るのであった。原さんの家は鎌倉市と藤沢市の境目にある。ところが屋敷の地所内の裏山が、鎌倉市の地図には鎌倉に、藤沢の地図には藤沢に入っていて、そのことがどう問題になるのか私にはわからないが、とにかくその裏山のことで多年係争が続いていて、年末になると、原さんは弁護士に払う金が必要になるのであった。

だから、その翌年も、そのことで原さんは画廊に来たが、そのときも「ポアソニエール」は話にならなかった。三年目に、私は、もう他のものではいやだ、「ポアソニエール」でなければ買わない、「ポアソニエール」を売ってくれるまでは他のものも買わないと言い張った。原さんもとうとう観念して、では、ということになった。

翌日、私は大きな風呂敷を持って、雨の中を、腰越の原さんの家へ出かけて行った。いつもの座敷で話しこんでいるうちに雨が次第に烈しくなり、小止みになるのを待ってみたがひどくなるばかりで、そのうちに日が暮れてしまった。

「こらだめだ、もう帰ります」

そう言って、私が立ち上って、用意してきた風呂敷に「ポアソニエール」を包み始めると、原さんは驚いて、

「こんなに降っているのに、なにも今日でなくても……」

と、半ば呆れ、半ば不安そうに、私を見た。

「天気になったら、ぼくが画廊へ届けますよ」

「いや、たとえ槍が降っても、いま頂戴して行きます、とても待ってなんかいられません、だいじょうぶですよ、だいじな絵を濡らしたりはしませんから」

そうは言ってみたものの、包みは意外に大きくて、これを抱えては傘をさすどころではない。立往生した恰好の私を見ると、原さんは笑いだして、

「じゃあ、裏の山を越したところを大船行きのバスが通っているから、それに乗って行きなさい、停留所までぼくが送って行きましょう」

と言い、自分も身仕度をしに奥へ引っこんで行った。その間に、私は裸足になって玄関の土間へ降り、ズボンの裾を捲り上げ、靴を片方ずつ上着のポケットに突っこんだ。それから、絵の包みの上をもういちどレインコートでくるんで、胸に抱えた。

雨合羽にゴム長姿の原さんが、勝手口からまわってきて、そんな恰好の私に私の傘をさしかけ、片手に懐中電燈を持って足許を照らしながら、土砂降りの雨で水が川のように流れている山道を、バス停までついてきてくれたのだった。

海老原さんは田村泰次郎氏とは、お互いに名前を呼び捨てにするような親しい仲だったから、はじめの頃の現代画廊へは、よく遊びに見えた。海老原さんの発案で、福沢一郎、川口軌崖〔軌外・編者補記〕両氏との三人展を開いたこともある。「トロワ・ミュール（三つの壁）展」と名をつけて、毎年やろうということになっていたその三人展は一回だけで終ってしまったが、海老原さんは川口さんには特別の友情を持って

いたようで、後で気がついたのだが、この展覧会も、とかく人気のぱっとしない川口さんを引き立てようとする気持があったのかもしれない。

　その展覧会は海老原さんが言い出したのに、間際になって、肝腎の言い出しっぺの海老原さんの絵が揃わず、私は熊本の海老原さんに電話を掛けた。（当時、海老原さんは熊本に住んでいた。）すると、海老原さんは大阪の国際展を見に出掛けて、神戸に泊っているということで、私はすぐまた、その神戸の宿泊先へ電話をした。そして、どうしても約束どおり、もう二点油絵がないと恰好がつかない、二枚が無理なら一枚だけでも、いますぐ描いてくださいと頼んだ。

「そんなこと言ったって、俺は絵具も何も持っちゃおらんよ」

　すこし罅の入ったような、そのくせよく響く海老原さんの声が受話器に伝わってくる。

「絵具もカンバスも、そこで買えばいいじゃないですか、買ってください、そして、今夜のうちにかいてください」

　私は自分が田村さんになったようなつもりで、ズケズケと言って食い下った。すると、怒り出すかと思った海老原さんが、

「よし、よし、わかったよ」

　と言って、列車の名前はもう忘れたが、翌日の列車の、寝台車のボーイに絵を頼んでおくから、東京駅のホームで受けとってくれ、と言うのであった。たぶん海老原さんが、いつも熊本から上京するときに乗る列車だろう。

　翌日午後おそく、私は東京駅で、言われた列車が着くのを待ち構えていて、入念に包装した絵の包みを受けとった。荷造りの完璧さが、なんとなく余裕綽々といったものを私に感じさせた。画廊に飛んで帰って包みを解くと、絵具の匂いがぷんとして、美しい六号の「蝶」が現われた。昨日、神戸へ電話をかけてから、まだ二十四時間経っていない。無理を承知で無茶を言ったお蔭で、計らずも、私は、海老原さんの仕事の秘密をちょっと覗かせてもらった思いであった。海老原さんはよく、田中岑さんに、絵というものは鼻唄を歌いながら描くもんだよ、と言っていたそうである。海老原さんがいつも鼻唄まじりで仕事をしたかどうかはわからないが、これ見よがしの苦渋の身振りを芸術的良心と取り違えているような手合には薬になるだろう。

　原さんが「ポアソニエール」を売ったと聞いて、海老原さんは機嫌が悪かったらしい。しかし、買った私の、この絵を欲しがった経緯を知って、いくらかご機嫌がなおったのかもしれない。田中の岑さんに、

「洲之内はあの絵の絵葉書をいつも軍服のポケットに入れていて、塹壕の中で、こう

取り出しては眺めていたんだよ」

と、海老原さんがそう聞いたのか、それとも海老原さんが話を面白くしたのか、そう言って話して聞かせたそうである。

その翌年から、海老原さんは毎年、私への年賀状には絵をかいてくれた。蝶があったり、騎馬があったり、人形使いがあったり、中には色鉛筆で克明に彩色をしたものもある。いまとなっては、海老原さんの美しい形見になった。

（初出　一九七三年六月）

松本竣介「ニコライ堂」

松本竣介を郷愁の画家と言ったら、竣介を歪めることになるだろうか。なるかもしれない。彼を語る場合、異端の画家、あるいは、いわゆる「谷間の画家」の一人と見るのが普通らしいが、そして、「谷間の画家」の中には靉光や麻生三郎、鶴岡政男、井上長三郎なども入るようだが、「谷間の画家」というとき、この人たちが経てきた時代の時間的なことを言うのではなく、それを受けとめた姿勢のことであるのは勿論で、だからまた、それは抵抗の画家ということにもなって行く。それはそれでいい。ただ私としては、松本竣介が「抵抗の画家」というレッテルを貼られてしまうと、私の竣介についてのイメージとは、どこか喰い違ってくるのである。

ところで松本竣介を抵抗の画家というとき、必ず彼の「生きてゐる画家」という文章が引き合いに出される。その文章は昭和十六年の一月号の「みづゑ」に載った「国防国家と美術」という座談会に対する反論として書かれたもので、だからほんとうは、その座談会といっしょに読むほうが、いろいろのことがよくわかって面白い。幸い、私はいつか三軒茶屋の古本屋でその号の「みづゑ」を見つけて買っておいたので、むろんその全部をここでご披露するわけには行かないが、最初の一部分だけでも書き写しておこう。こんな具合である。

「画家は何をなすべきか」という副題のついているこの座談会の出席者が、陸軍省情報部員の秋山邦雄少佐、鈴木庫三少佐、黒田千吉郎中尉(ちゆうい)という三人の軍人と、批評家の荒城季夫(あらきすえお)の四人だけで、肝腎(かんじん)の画家や彫刻家は一人も入っていない。これがまず異様であるが、さすがに気が咎(とが)めたらしく、冒頭で荒城氏が発言して、

――大体、絵描きを多勢入れる訳に行きませぬから、吾々(われわれ)で選択して、少し頭の良さそうな絵描きを二三名交渉して来ることになつて居(を)つたのでありますけれども、急に差支(さしつかへ)が出来て私だけになつて大変さみしい訳でありますが、御勘弁を願ひたいと思ひます。――

と言い、秋山という少佐がそれを受けて、

――僕はどうも相手が、而(しか)も頑強な相手があつて、喧嘩(けんくわ)をするやうな時になると俄然(がぜん)インスピレーションと謂(い)ひますか、インタレストと謂ひますか、対抗意識が出

て、自分でも感心するやうな議論が出るのでありますが、今日はどうも絵描きの方の欠席裁判といふので余り元気が出ないやうな気がするのですが、その点は一つ御勘弁を願ひます。――

と言っている。これだけ読んでも幇間批評家の面目躍如たるものがあり、思い上った軍人の空威張りが眼に見えるようだし、そうかと思うと、なんとなく呑気に太平楽を並べているようなところに、まだ戦争が対米英戦の段階に突入せず、戦局逼迫というには程遠い楽観的な時代の空気まで映っていて、下手な小説などよりもよっぽど面白いが、いずれにしても座談会が画家を閉め出して行われたのではなく、画家のほうで座談会を敬遠したらしいのがよくわかる。誰も来手がなかったのである。しかし誰も行かなかったけれども、また誰も黙って何とも言わなかった。そのなかで松本竣介がただ一人、「生きてゐる画家」を書いて、公然と抗議したのであった。

「生きてゐる画家」のほうは全文が平凡社版の「松本竣介画集」の巻末に収録されているが、彼がこんな頭に来るような座談会を読みながらちっとも興奮せず、冷静に、堂々と正論を展開しているのには感心させられる。狂信的なホラ吹きや幇間どもの言うことをひとつひとつ真面目にとりあげて、律気すぎるほど律気に応対している。もっとも、幇間だろうと大風呂敷だろうと、権力に結びつき、権力の一部を構成している彼等の気紛れな放言が、実際に現実の方向を決定するような時代だったのだから、真剣に相手にならざるを得なかったのは当然かもしれない。それに、彼等を笑ったり揶揄したりするのはいちばん危険だったろうということは、私などにもよくわかる。

もっとも、この文章の中で、松本竣介はあからさまに戦争反対を言っているわけではない。勿論、もしそうだったら発表は不可能だったろうが、その座談会の結びで鈴木少佐が、「極端に言へば国策のために筆を執つてくれ……、それが同時に世界的な価値を表現するやうなもの……」と結論を出しているのに対して、「それは出来る」と彼は言い切っている。ただ、それには「如何に国家民族性を強ひようとも、ヒューマニティの裏づけがなければ」ならない、「作品そのものに於て、ヒューマニティは、国家民族性とともに表裏をつくる」ものであり、「芸術に於ける普遍妥当性の意味を、私達は今日ヒューマニティとして理解してゐる」と言うのである。

当り前すぎて一向に面白くもなんともないが、これだけのことを言うのにも、当時は勇気が必要であったろう。しかし、私は「生きてゐる画家」を読んで、彼のその勇気には感じ入りながらも、どこかでまた、なんとなく虚しく、空々しいような気がしてならない。というのは、これを書いても書かなくても、松本竣介の松本竣介たる所以に大した変りはないのではないか、という気がするからである。彼が彼の言う生きている画家であるかどうかは、彼の書いたこの文章によってではなく、これを書いた彼がどんな絵を描いたかで決るのではあるまいか。そんなふうに考えてくると、あのとき敢えて発言した竣介は勿論勇気があるが、だからといって、黙っていた画家は勇気がなかったなどとは言えない、と私は思う。所詮、絵かきは絵で物を言わなければならない。それが絵かきの宿命でもある。

松本竣介の制作のモチーフはそう多くはない。彼は絵かきとしての生涯の初めから終りまで都会を描き続けた画家である。都会というもの以外にはひとつもモチーフを持たなかった、と言ってもいい。そして、彼にとってのその都会は、現実には東京であり、ときに横浜であったわけだが、その東京に対する対し方が、例えば佐伯祐三のパリに対するそれとは全く対蹠的である。佐伯が最もパリらしい対象を択んで、パリをパリらしく描くのとは反対に、竣介は東京を東京らしくなく、東京から東京らしさを抜き去って、一種の抽象的な都会風景にしてしまうことで、結果的には無性格が性格であるような東京の街を奇妙に巧く捉えている。

彼は建築物に特別の愛着を持っていて、表紙に活字体のローマ字のゴム判でTATEMONOと標題を捺した小型のスケッチブックをいつもポケットに入れて歩き、それにはもっぱら建築物ばかりをスケッチして、一冊が終ると1・2・3というふうに番号を入れて行ったということであるが、彼にとって建物でもタテモノでもなく、TATEMONOでなければならなかったというそういうところは、ある時期の彼の、人物の群像と建築物とをモンタージュ風に組み合せた都会風景の中の建物が、どれも一様に垂直な壁と屋根の傾斜と、透視図法によって処理されたその稜角の線とに還元され、特徴というもののない、いわば要素的な、抽象的な建物であることと映り合っているように思われる。

そういう時期があり、別の時期には、彼は汐留の運河や聖橋あたりの坂道、池袋あたりの町工場やどこかの国電の駅とその近くのガード、鉄橋、横浜の街中の水路に懸った橋などを描いている。だがそういう場合にも、その絵は、一目見て、すぐにどこそことその場所を想起させるようなものではない。そんなふうには描かれていない。彼がその場所を描いたのは、その風景が、彼の都会というもののイメージを具象化するのに恰好だったからであろう。むしろ、どこそこと現場のわからないほうが望ましかったのではないだろうか。彼はいつも眼の前にある街ではなく、その現実の風景を超えて、どこか遠くの、見えないところにある街に眼を向けている。そこから、彼の描く市街地の風景には一種のエキゾティシズムと、ノスタルジアが滲み出てくるということにもなる。そして、いやでもどこそこと場所のわかる対象を描くときには、例えばニコライ堂のように、異国風の建物に限られている。

彼の描く市街地の風景には、狭い運河やさまざまな構造の橋、線路の存在を暗示するガードや駅の建物、煙突とドームなどがたびたび現われてくることにも注意を向ける必要がある。運河や橋梁、鉄道線路や工場の煙突などは都会を構成する要素であって、しかもその都会に一種牧歌的な情緒を添えるアクセサリーでもある。松本竣介は気質的にはロマンチスト、詩人としては叙情詩人であった。

ところで、松本竣介が「生きてゐる画家」を書いたのは一九四一年（昭和十六年）だが、ちょうどその頃を境にして、彼の描く都会風景にひとつの変化が起る。それ以前の作品、例えば「序説」とか「街」とかいうような、その時期の代表作と言われる作品では、思い思いに中折帽やハンチングをかぶり、蝶ネクタイをしめたり、菜っ葉服を着たりした男たち、ワンピースの若い女、自転車で駆けて行く人物などが、背景の象徴的な市街風景とモンタージュ風にオーバーラップして、どこかもの悲しく、しかし活気に充ちた庶民生活の雰囲気を漂わせているのであるが、この頃から、つまり昭和十五、六年頃から、そういう人間臭いものが画面の背後に押しやられ、人物が画面から姿を消して、建物だけが単独のモチーフとして現われてくる。ひと気のない風景はどれもこれもひっそりと静まり返り、たまに小さな人物が画面の中を歩いていても、そのために却って風景の淋しさが際立つのであるが、これを、人間的な自由な生活が次第に圧迫され、狭められて行く暗い時代の、この作家の心への投影だと考えてみることもできるのではないだろうか。

もっとも、彼が全く人物を描かなくなったわけではない。むしろ、却ってこの頃から、彼は女や子供たち、老踏切番の顔などを静かな愛情の籠った眼で見つめ、描いている。建物だけでなく人物もまた、独立したモチーフとして現われるようになるのだ。同時に、この四一年から四三年にかけて、それ以前にも以後にも見られない構図で、彼が独りで、あるいは家族たちにとり巻かれて画面の前面に立ちはだかっている、一種の自画像ともいえる大作を相次いで何点か描いている。これを時代の風潮に抗して立つ画家松本竣介の姿だというふうに見る人もある。事実、彼自身その気だったのであろう。そうとでも思わなければ、この一連の作品の発想は理解できない。しかし抵抗というにはなんというひ弱な、硬直した姿だろう。それに、変に芝居がかっている。女房子供を従えて、その真中に、家庭の幸福の守り神よろしく突っ立っている、そんな気っ恥かしい恰好は、靉光ならしないだろう。竣介のこの作品を、私は人が言うほどいい作品だとは思わない。

「生きてゐる画家」を彼が書いたその時点では、時代の環境はまだしも、それほど絶望的ではなかった。だが、やがてこの聡明で繊細な画家は、彼のいうヒューマニティが、所詮この時代の巨大な圧力の前では全く無力であることを思い知らされたにちがいない。彼はもう画面の前面に仁王立ちになるようなことはやめ、その画面の中を自ら小さな影になって歩くようになる。しかしその時になって、松本竣介の稟質が真に光を放ちはじめるように、私には思われる。彼の最も美しい作品は、この時期に集中している。静謐極まりない都会風景の中に、失われたもの、果せないものへの憧憬と郷愁が響きはじめる。ヒューマニティへの郷愁を歌い上げることで、いわば逆説的に、彼はヒューマニティを形象化しているのである。

　松本竣介の画集の頁を繰って行くと、自然に、彼が風景のモチーフを求めて歩いた足どりが眼に浮んでくる。彼の住んでいた中井、下落合界隈から、新宿へ。そこから中央線沿いに、代々木、お茶の水、神田、東京駅周辺へ。京浜線に変って、新橋の汐留付近。それから横浜――。おそらく彼は、実際に、西武線、中央線、京浜東北線とつながるそのコースを、しばしば電車に乗って往き来したことであろう。なかでもお茶の水へはよく通ったにちがいない。いうまでもなくニコライ堂を描くためである。ニコライ堂やその周辺を描いた作品は、私の知っているだけでも、油絵で十点近くある。ただ、その都度彼が現場に画架を立てて描いたかどうかはわからない。あの磨きこんだような、比類のない美しいマチエールと、絵具の乾き具合を慎重に計算した色の重ね方を見るだけでも、大部分が画室での仕事だと知るに十分である。こんな仕事は野外では無理だろう。

構図も写生ではない。図版［口絵参照・編者補記］のこの「ニコライ堂」にしても、こういう角度と地形とは、仮にあのあたりの街が戦災で貌を変えてしまったのであっても、実際にあり得たとは思えない。というのは、私は何度もニコライ堂がこんなふうに見える場所を探して、あの辺を歩きまわったからである。

実はこの画面の下半分の、鉄骨のコンビネーションを露出したコンクリートの構築物は、彼の新宿のガードのスケッチからとられている。神田のニコライ堂と新宿のガードとの、いわば複合物なのである。長年、この「ニコライ堂」は私の手許にあるが、つい最近まで、私はそれに気づかなかった。この文章を書くために松本竣介画集をひっぱり出して「生きてゐる画家」を読んでいるうちに、そこにカットに使われている小さなデッサンの中に、見憶えのある鉄骨の頭が描かれているのに私はまず気がついた。（因みに私は、学校では建築科出身である。）そして、よくよく見ると、そのデッサンは殆ど全部そのまま、「ニコライ堂」に使われているのであった。松本竣介の画集をお持ちの方は、三十七頁に原色版で載っているこの「ニコライ堂」と、百二十二頁のカットとを見較べていただきたい。

それに気がついたとき、私は思わずあッと声を挙げた。なんという奇抜な着想、なんという見事な結合だろう。そして、これを思いついたときの松本竣介の会心の微笑が、私の眼に浮ぶようであった。

（初出　一九七三年六月）

中村彝と林倭衛

先日のＪＡＡ（日本美術品競売会社）のオークションで、中村彝の八号の婦人像が千八百万円で売れたそうである。「そうである」というのはおかしいので、私もその会場にいて、絵も見ているのだが、落札のときに気がつかなかった。ところが、つい二、三日前、店にきたお客が私にその話をして、

「君のところにも、昔、たしか彝があったなあ、いまあれ持ってれば大したもんだぜ」

と言った。

あるともないとも言わなかったが、あるのはいまもある。それも名品だ。明治四十一年作の八号の自画像で、勘定すると中村彝二十歳の年である。現存する彝の自画像の中では最も古いものだろう。十二、三年前、田園調布のほうのある家から買ったので、買ったとき二十万円だった。それを画廊に掛けておいたら、鎌倉近代美術館の土

方さんが美術館で買うと言い、私は売らないと言って、土方さんを怒らせてしまった。以来、この絵は家へ持って帰って、画廊へは置いたことがない。

その晩、家へ帰ると、私は久し振りにその絵をとり出して見た。とり出すというと、倉からでも出してくるみたいだが、実は毎晩、この絵と鼻を突き合せて寝ている。ただ、部屋が狭いので、いつもは絵の箱の並んだ上に、布団が畳んで置いてある。絵を出そうと思うと布団を除けなければならないし、布団を敷いてからでは絵を出しても置き場がないので、すぐ近所にいながら、なかなかお目に掛る機会がないのであるが、その晩は敢えて、布団を置いたまま、その下から絵の入った箱を引き抜いた。部屋の中の、絵を掛けられる唯一の壁面には、既に林倭衛の少女像が掛っている。箱から出した絵は、テレビに立てかけて、眺めた。

「——これが千八百万円か」

と思ったが、すこしも実感がない。千八百万円などという金を、持ったことも、見たことも、使ったこともないからである。

「——千八百万円あれば、新潟の山の中へ、ちいさな小屋を建てることぐらいはできるのかな」

すこしでも実感を湧かせようとして、私は想像してみた。二、三年前から、私はな

中村彝「自画像」 1909頃
45.0×33.0　油彩（宮城県美術館蔵）

んとなく、年をとって躰（からだ）が自分の自由にならなくなったら、新潟の出湯（でゆ）あたりの山の中へ小屋を建てて、雪に埋もれて死んでやろうと思うようになっている。私の生れは四国の松山だが、松山へ帰ろうとはさらさら思わない。

新潟へは三年前に、佐藤哲三の遺作展のために、哲三氏の未亡人に案内してもらって作品を集めに行き、新発田（しばた）、新津（にいつ）、水原と、北蒲原（きたかんばら）平野一帯の町から町を走り廻って以来、私はすっかり新潟が好きになってしまった。私の新潟好きには、佐藤哲三の影響が大いにある。佐藤哲三のように作家の魂と風土とが美しく結び合っている例を、私は他に思い出せない。そして、その佐藤哲三の名作「みぞれ」や「寒い日」などが、いわばアプリオリに私の心の中にあるのかもしれない。だが、そうとばかりもいえない。そのとき会った哲三の古い友人たち、新発田の田部直枝氏、水原公民館長の荒木さん、出湯の石水亭の主人の二瓶さん、その他のあの人やこの人から、私は一種新鮮な感銘を受けた。私の郷里の松山の人間とはどこか、しかしはっきり違う。なんといったらいいか、この人たちは会っていても、それぞれに、正真正銘のその人という感じで、いうならば存在感が実に明確だ。おためごかしの曖昧さみたいなものがすこしもなく、しかもみんなはにかみ屋である。気風というのか肌合いというのか、新潟の人たちのその感じに、私はいちどで参ってしまった。できるものなら、こういう人たちの傍で暮したい。

二瓶さんの石水亭には、湯殿へ行く廊下に、竹久夢二の恋文が額に入れて掛けてある。「あけくれそばにゐないと心もとない。ずゐぶんとさびしい。いつぞや汽車にのりおくれて長い道を車にゆられながらいったときの松の林がふっと眼にうかんで、おもはず涙が出てきた。」云々と、まだ後に続くが、かねよさんという女性に宛てたものである。廊下の突きあたりの、天井に近いところに、美しい小さな柿の絵が掛っていて、その後なんども泊るたびに、いつもいい絵だなと思いながら通り過ぎていたが、最近、よく見たら椿貞雄であった。

温泉町だというのに、出湯には土産物屋のようなものが一軒もない。歯ブラシと歯磨を買うくらいがやっとである。小屋を建てようと思うとき、私が思い浮べるのは、石水亭の向いの山裾の、栗の木などの混っている雑木林の中であるが、他には行くところもないから、私は毎日山を降りてきて石水亭で風呂に入れてもらい、そのあと帳場の囲炉裡の傍で、二瓶さんから昔や今の越後の暮しの話でも聞かせてもらおうと思うのだが、このあいだ田部さんが東京の私の画廊へ見えたとき、私がそう言うと、田部さんはちょっと心配そうな顔をして、実は最近まで石水亭にそういう人物がひとりいて、二瓶さんもだいぶ困ったらしい、と言った。私がいつも泊めてもらう部屋の床の間に、

乙女子の　つまくれなゐといふ花の　ほのぼのと咲けど　人は帰らず

という歌の軸が掛っているのであるが、その歌の作者がその人物だということであった。

田部さんはまた、

「あのあたりも、最近はだいぶん土地が高くなったようですから、お買いになるのなら早いほうがいいですよ」

と、本気で心配してくれた。

林倭衛のほうは、これも十年ほど前に買って、いちど、たっての頼みで人に譲ったのが、その後まわりまわって、最近、再び私の手許へ帰ってきたものである。額縁の裏に、最初私が持っていたときには付いていなかった信濃美術館の林倭衛展のシールと、同じく、上田市山本鼎記念館の展覧会のシールが貼ってあるから、その間に、この絵は信州まで里帰りをしてきたらしい。信濃美術館の展覧会は一九六七年の九月六日から二十七日まで、山本鼎記念館のほうはその後に続いて、九月の二十九日から十月の一日までとなっている。

なんともいいようのない美しい絵で、もともと私には売る気はなかったのだが、私がすすめると買わず、売らないと言うとそれを買いたがるという、そういうお客が昔から二、三人いて、その中の一人に無理矢理買われてしまったのであった。値段は三万円だった。

どうしてその人が手離してしまったのか、その絵が一昨年の暮の交換会（画商の糶市）に出た。ところが全く声が掛らない。この絵の娘の、女臭い媚のひとかけらも見られない、しかも、娘らしい精気に溢れていて、これこそ娘というものだと言いたくなるような顔が、私は好きでたまらないのであるが、娘の絵ということになると、文字通り絵にかいたような可愛らしい、大きくなったらさぞ美人になるだろうと思われるような娘でないと、人は気に入らないのであろう。おまけに、遠くから見ると、ただもう薄暗いだけの、どす黒い絵で、とにかく売り物にはならないのである。

誰も声を掛けないので、F——画廊のF——さんが、

「林倭衛だ、洲之内さん、あんた買いな」

と、大ぜいの中から私の顔を見付けて名指しで言った。林倭衛を買うのは、昔も今も私だけということなのかもしれない。

「買うよ、いくら？」

「冗談言っちゃいけない、こらあセリだよ、あんたのほうで値を付けなきゃあ、発句でもいいよ」

発句というのは糶りを始めるきっかけになる最初の値段で、発句に限り、上が出なくても、その値で買い取る責任はない。

「じゃあ、三万円」

私はすこしとぼけて、十年前に自分が売ったときの値段を言った。しかし、それでも、誰もついてこない。Y——画廊のO——さんが振り向いて、

「三万円は可哀そうだよ、もうちょっと買ってやれないかね」

林倭衛「少女」
（制作年、寸法、画材、所蔵先不明）

と言う。

「じゃあ三万五千」

笑い声が起っただけで、値段をつける者はやはりなく、糶（せ）りが止ってしまった。木槌（きづち）がカンと鳴って、絵は三万五千円で私に落ちた。十年間で、この絵はたった五千円しか値上りしなかったわけである。

私はこの絵が自慢で、麻生三郎氏のところへ見せに行った。いい絵が手に入ると、私は麻生さんに見せて意見を聞く。ついでにいろいろと絵の話が出る。それが私の絵の勉強法である。

三雲祥之助（みくもしょうのすけ）氏ご夫妻が画廊へ遊びに来られたときにも、私はこの絵を見せた。

「林倭衛がこんないい絵をかくとは知らなかったなあ、おそらく林倭衛の最高傑作ですよ」

と三雲さんは言い、マリ子先生も傍から身を乗り出してきて、それからひとしきり、このおでこはルノアールだ、このコートの襟の赤はドラクロアだ、というような話になったあと、私がこの絵の手に入った経緯を話して、たった三万五千円でも買い手がなかったのだと憤慨してみせると、三雲さんが、

「いや、この絵は僕が買うよ」

と言った。

「だめですよ、これは売らないんですよ」

私が周章てて絵を仕舞いかけると、三雲さんもマリ子先生も、また始まったという顔で笑いだした。

この林倭衛を、私は、もう二度と手離す気持はない。中村彝の自画像を千八百万円で売ったら、私は出湯の雑木林の中に小屋を建て、その家の壁に、この少女像を掛けておくことにする。

（初出　一九七三年六月）

鳥海青児「うづら」

どんな絵がいい絵かと訊かれて、ひと言で答えなければならないとしたら、私はこう答える。――買えなければ盗んでも自分のものにしたくなるような絵なら、まちがいなくいい絵である、と。写真家の土門拳さんが鳥海さんの「うづら」を画廊へ売りにきたとき、私はまさにそういう気持になった「現「うずら（鳥）」、口絵参照・編者補記」。

困ったことに、そのときの私は、この絵を盗むことも、買うこともできない立場にあった。現代画廊が第一次の現代画廊（は、ちと大袈裟だが）の頃で、画廊は田村泰次郎氏の経営、社長は田村さんの奥さん、私がマネージャーであった。そして、土門さんは絵を私に売りにきたのではなく画廊へ、というよりも田村さんに売りにきたのであった。

土門さんがその絵をうちへ持ってきたのにはわけがあった。その数年前、東京画廊と求龍堂画廊（後の中林画廊）とで会場を二つに分けて鳥海さんの個展を開いたとき、土門さん秘蔵のこの「うづら」は求龍堂のほうへ出ていたのを、田村さんが見て、欲しいと言い、画廊主の中村さんは土門さんに相談したが、土門さんは承知しなかった。ただ、そのとき、将来この絵を手離すようなときは、必ず田村さんに譲るという約束をした、だから、と土門さんは言うのであった。

そうと聞いてはしかたがない。だが、「うづら」が眼の前に置かれた瞬間から、私は、一種の興奮状態に陥ってしまっていた。私の示した異常な関心を見ると、土門さんはいくぶん自慢話めいた話しぶりになって、自分がその絵を手に入れた経緯を、私に話して聞かせたが、それによるとこうである。戦後しばらく、鳥海さんが鎌倉に住んでいた頃、この絵は、その家の玄関に掛っていた。その頃は、まだ鳥海さんの絵がちっとも売れなかった頃で、（この絵はそれよりもまたずっと古い、鳥海さんの最初の滞欧前の作品である。）鳥海家の経済は、主として鳥海夫人の美川きよさんの原稿料に頼っているのだったが、その美川さんがお菜代に困っているようなこともしばしばで、あるとき、またそういうところへぶつかった土門さんが、この絵を買ってあげたのであった。

土門さんがそういう話をしている間、田村さん夫妻はまだ画廊に見えていなかった。田村さんたちは、田村さんが原稿の仕事で忙しいときは奥さんだけのこともあるが、いつもは二人いっしょで、夕方画廊に姿を見せる。その日も、おそくなってから夫妻揃って画廊に見えた。私は土門さんから預かっておいた「うづら」をとり出して見せ、土門さんの話を伝えた。

田村さんたちはお互いに、「うづら」を手から手へ渡して見せあったりしていたが、そのうちに、ふと田村さんが、

「これ、死んだ鳥ですねえ、死んだ鳥では売れないだろうなあ」

と、半分ひとり言のように言った。私は驚いた。そんなこと、田村さんは承知のはずではなかったのか――だいいち、鳥海さんが生きた鳥なんか描いたら、それこそおかしなものだろう。だが、それよりも、いまではもう田村さんはその絵を自分で持っているつもりはなく、買えばどこかへ売る気でいるらしいのが、私を不安にした。

二、三日して、夕方、土門さんが画廊に来た。その日は予め、田村さんと会うよう、時間の約束ができていたのだが、田村さんのほうが遅れていた。私は思い切って、土門さんに、「うづら」を私に売ってくれないか、と切りだした。

「田村さんは買ってもまた売るつもりらしいんだけど、ぼくはそうじゃないんです。

あの絵は、田村さんよりもぼくのほうがずっと惚(ほ)れているんだから、ぼくに買わせてもらう資格があると思うんです。ぜひぼくに売ってください」

土門さんはちょっとびっくりしたようだったが、田村さんが承知するならそれでもいい、と言った。

「そうですか、じゃあ、田村さんに頼んでみます」

そんなことを話しあっているところへ、田村さんが奥さんをつれて入ってきたのだったが、待たせた土門さんの顔を見ると、

「ちょっとそこらで食事しましょう」

そう言って、帽子をぬぐひまもなく、二人で土門さんを促して画廊を出て行ってしまった。そして、食事をしながら、土門さんは、私のことを田村さんに話したらしい。

翌朝、奥さんから画廊へ電話が掛ってきた。

「あなた土門さんに、あの絵を、あなたが買いたいと言ったそうですね」電話の声はご機嫌が悪かった。「あの絵は、もうずっと前に、主人が土門さんとお約束してたんですよ、あなた、それ、ご存じでしょ」

「知っています」

「あたしたちはあなたを信用して、店をあなたにお預けしているんですよ、そのあな

たに、店へ来るいい絵をみんな買われてしまっては困ります」

いちいちごもっともで、私には返す言葉がなかった。

「とにかく、あの絵はうちで頂くことになりましたから、すぐ額縁屋へ出して下さい、それから、土門さんが見えたら、お金払ってちょうだい」

ガチャン、と電話が切れた。絵には土門さんが八咫屋に作らせたという額がついていて、よく合っているのだが、だいぶ古くなっていて、これでは売りものにならない。その場で、私は額縁屋に電話をかけ、絵を取りにくるよう頼んだ。

その後また二、三日して、土門さんが画廊に現われた。しかし、私が店の小切手帳をとり出すと、

「ちょっと待った」と、私を制して言った。

「女房がねえ、あの絵を売っちゃあいかんと言うんだよ、俺が相談なしに、黙って持ち出したと言って、怒ってるんだ」

土門さんが帰った後、私は田村さんの家へ電話をかけた。

「あらそう、奥さんがそう言うんじゃしかたないわね、お返ししてください」

奥さんは先日のことは忘れたようにケロリとしていた。私はまた額縁屋へも電話をして、絵を店まで返してくれるように言った。

絵は店へ帰ってきているのに、その後、土門さんは一向絵を取りにこなかった。一度か二度画廊へ立寄ったが、持って行きませんかと言っても、今日はなんとかの途中だからまた、というようなことで、提げて行こうとしない。田村さんには、もう返したことになっているので、私は預かりっぱなしの絵を物入れの奥へしまいこみ、夜、店をしめて、若い店員たちが帰ったあと、ひとりになって応接室に籠り、絵をとり出して、時の過ぎるのを忘れて眺め入った。

これは「うづら」に限ったことではなく、その頃、そしてその後も、私は、自分の好きな絵が店にあるときには、夜、そんなふうにして、いわば密室の中で、その絵と向いあって長い時間を過すのだったが、なんともいえず実にいい気持で、楽しみであった。そして勉強になった。画廊勤めをしておれば、いち日絵にとり囲まれて暮しているわけだが、それだけでは、ふしぎと何も見ていないものである。

そんなふうで、かれこれひと月も経ったろうか。土門さんがしばらくぶりに顔を見せた。今日こそ絵を持って行くつもりだろう、そう思って、私が物入れから絵を出しにかかると、土門さんはまた、

「ちょっと待った」

と、私を止めて、やっぱりその絵は売ることにする、売らねばならなくなった、田

村さんにそう言ってくれ、と言った。「古寺巡礼」という写真集を出すことになって奈良へ行く、その旅費が要るのだというのであった。

「承知しました」

と引受けておきながら、夕方、田村さん夫妻が画廊に見えたとき、私は黙っていた。

その晩、ひと晩、私はすくなからず懊悩した。どうしても田村さんに言わなければならないだろうか。言わなければならないのはわかっているが、言えば、この絵が私の手に入る機会は二度とこないだろう。いちどは私も諦めていたではないか、そう思っても、こうして思いがけぬ機会が眼の前に現われてみると、再び私の気持は乱れた。

翌朝、私は画廊へは行かず、まっすぐ明石町の土門さんの家へ行った。まだ寝ていた土門さんは、寝間着のままで二階から降りてきた。寝起きであまりご機嫌がよさそうではないが、そんなことに構ってはいられない。私はいつかと同じことを繰り返して、「うづら」を私に売ってくれと、強引に頼んだ。

奇襲戦法が効を奏した。思ったよりもすんなりと、

「ああ、いいよ」

ということになり、

「有難うございます」

と、私は頭を下げたが、そう言ったものの、私には金がない。土門さんの家を出ると、私は公衆電話のボックスに入って、農林中金の部長をしている友人に電話をかけた。

「名作が手に入るんだ、十万円貸してくれ」

いまから思えば嘘みたいな値段だが、鳥海さんが号一万五千円くらいだった当時、三号のこの絵の十万は、そう安くはなかったはずだ。現代画廊の私の月給が二万五千円であった。

タクシーをとばして農林中金へ行き、借りた金を摑んで、またタクシーで土門さんの家へ引き返した。その晩、私は画廊から、「うづら」を抱えてアパートへ帰った。

私が「うづら」を買ったことは内緒にしておかなければならないし、そうしていたのだが、しかし、いい絵を手に入れて黙っているということもまた、これほどむつかしいことはない。ことに作者の鳥海さんの前ではそうであった。買ってどれほども経たぬうちに、ある日、鳥海さんの家へ遊びに行っていて、私はつい問わず語りに、その経緯を自分のほうから話してしまった。すると、傍で聞いていた美川さんが、

「土門は怪しからんわねえ」

と、すこし気色ばんで言いだした。

美川さんの言い分はこうである。土門さんの言うとおり、あの絵はずっと鎌倉の家の玄関に掛っていて、見るたびに土門さんが欲しがったが、鳥海さんはどうしても売るとは言わなかった。するとう、とうとうしまいに、それでは貸してくれと言って持って行ったが、帰った後で見ると、座布団の下に五千円敷いてあった。

「いくらあたしたちが貧乏していても、あの絵を五千円では売りませんよ」

と、美川さんは言い、

「だから、売るんだったら、うちへ返してこなければならないのよ」

と言うのであった。

鳥海さんのほうは笑って、

「そうは言っても、うちへ持ってきたんじゃ五千円だからなあ……、いくらだった?」

と、私の顔を見た。

「十万円でした」

「どうだい、あの絵を俺に売らないか?」

作者の鳥海さんにそう言われて、いやとは言いにくかったが、私は断わった。

「そんな殺生（せっしょう）な、ぼくはあの絵を買おうとして馘（くび）になりかかったんですよ、売るくらいならそんな無理しませんよ」

「じゃあどうだ、俺の新しい絵と取り換えないか、君の欲しいのをどれでもやるよ」

そうまで言われてはお返しすべきだろうが、私もがんばった。

「そんなこと言わずに、ぼくに持たせておいてくださいよ、その代り、決してどこへも売りません、売らなければならなくなったら先生のところへ持ってきます、そのとき他の絵と替えてください、お願いします」

というようなわけで、「うづら」はその後、ずっと私の手許にある。

私が美術批評家なら、ここで、この絵が絵としてどういいかということを大いに論じるところだが、私ではしようがない。それに、その必要もない。土門さんにしても田村さんにしても、批評家の言うことを聞いてこの絵を欲しがったのではなかった。私もそうである。

（初出　一九七三年六月）

森田英二「京都花見小路」

　この文章を書いている現在（昭和四十七年一月）、森田英二君は所在不明である。去年の秋京都にいたことまではわかっているが、その後がわからない。彼にはもう二年近く会っていない。もし彼がこれを読んで、訪ねて来てくれるようなことにでもなればうれしいのだが……。

　初めて会ってからは、もう五、六年にはなるだろう。ある晩、私は目黒のとんかつ屋でビールを飲んで、そのあと、駅の近くの喫茶店へコーヒーを飲みに入った。その頃画廊を手伝ってもらっていた福島さんという女性といっしょであった。

　ちょっと変っているといえば変った店で、よくある週刊誌などの代りに、写真や自動車の雑誌、藝術新潮といったものが置いてある。私はときどきそこへ寄り、藝術新潮は毎号そこで見ることにしていたが、その晩は店じゅうの壁に絵が掛っていて、誰かの個展のようであった。

私は躰の中にアルコールが入っていると絵がよく見える（いい絵に見える）という生理的傾向がある。自分でもよく承知しているので、そういうときには極力手綱をしめるようにしているのだが、それでも、椅子に腰をおろしてからも、壁に並んだ絵から眼を離すことができないのであった。いい絵のようでもあるが、だめなようでもある。とにかくメチャクチャな絵で、巧いとかまずいとかは問題にならない。利行（長谷川）かぶれが見えすいていて眼ざわりだが、利行に似ていたところでそれがどうした、と言っているような何かがある。

「こらいいぞ、ひょっとすると本当にいいかもしれないぞ」

と、私は福島さんに言った。彼女は絵はよく見えるほうで、彼女が私の画廊にいるあいだは、私はとかく彼女の眼に頼りがちだったが、このときもひそかに彼女の同意を期待していた。しかし福島さんは、

「そうねえ、長谷川利行のイトコのハトコくらいじゃない？」

と、軽く言ったきり、あまり関心を示さなかった。絵はよく見るが、儲けにならないことには真面目に興味を持たないという一面が彼女にはある。

「よし、一枚買おう」

と私が言うと、

「買うの？　これを？」

と眼を大きくした。

コーヒーを運んできた女の子に、私は、絵かきさんはいるのかと訊いてみた。店の中程のテーブルのまわりに画学生臭い若者が四人ばかりかたまって、しきりに議論めいた話をしているので、その中にこの絵の作者がいるのかと思ったが、ちがっていた。絵かきはここにはいなかった。絵は売るのかと訊くと、売るでしょうという返辞である。

「じゃあねえ……」

私は店の奥の、正面の壁に掛っている四十号くらいの一枚と、私と向きあっている十号くらいの一枚とを指さした。どの絵も額縁なしの裸で掛けてある。

「この二枚を一万円で買うが、それで売るかどうか、訊いといてくれない？」

「はい」

「売ると言ったら絵をここへあずかっといてよ、そのうちにまた寄るから」

私が女の子と掛け合っているあいだに、福島さんは立って雑誌を取りに行き、いっしょに大学ノートを一冊持って戻ってきた。そしてコーヒーのカップを唇にあてながら、横眼でノートの頁を睨んでウフウフ笑っている。

「何だい」

「読んでごらんなさいよ」

手に取ってみると個展の感想を書くようになっていて、開いて渡された頁に、

——ついに天才が現われた——

と書いてあった。以後、私と福島さんの間では、森田君のことを「天才」とか「森田天才」とか呼ぶようになった。

「キミもなにか書いてあげなさいよ」

福島さんに言われて私も何行か感想めいたことを書いたが、何を書いたかはもう憶えていない。

しばらく目黒方面へ出かける機会がなく、半月ほどしてその喫茶店へ寄ってみると、どうかなと思った絵が置いてあった。

「あの値段じゃあだめかと思ったが……」

「そりゃあ売るわよ、たぶん絵が売れたことなんかないんじゃない、値段なんか問題じゃないのよ、売れるということがたいへんなことなのよ」

自分も女だてらに新聞配達などやりながら、苦労して絵の学校を出た福島さんは言うのだった。

「お名前とご住所を訊いておいてくれということです」

絵を出してきた店の女の子が言った。私は名刺を渡そうとして、思い直してメモ用紙を持ってこさせ、福島さんに、彼女の名前と住所を書いてもらった。相手がまだどんな人間だかわからない。画商が目をつけたなどと早合点されても困るのである。

そのとき福島さんの書いた住所へ森田君が連絡してきて、結局、私もいっしょに会うことになったのだが、最初にどこで会ったのか、これまたどうしても思い出せない。ただ、その後何度も福島さんを通して、絵を見にきてくれと言ってきて、何度目かに、初めて自由ヶ丘あたりの彼の住いを訪ねて行ったときのことははっきり憶えている。

アパートだというから探して行ったら、彼はそのアパートの部屋ではなくて、裏の物置に住んでいるのだった。正確にいうと物置だったかどうかもわからない。アパートのできる前からその地所の中に建っていて、当然取り壊しになるはずのところを、その手間を惜しんでそのまま残っているという感じの建物（建物といえるならばの話だが）で、窓なども満足にあるのかどうか、夜のことではっきりしなかった。

三畳と六畳くらいの広さだったが、勿論（もちろん）間仕切りなどはなく、それに、彼はそこに住んでいると言うけれども、生活のための道具らしいものは茶碗ひとつ見当らず、代りに絵だけは十号くらいのものから六十号くらいのものまで、何十点も重ねて、まわりの壁に立てかけてあった。

品川あたりへ出掛けてやっているのだという、海っぷちに倉庫や工場らしいものなどのある大きな絵が何枚もあって、それを順々に見せてもらっているとき、福島さんがひょいと立って行って、その中の一枚をぐるりとひっくり返して逆様に床に立て、

「こうすると調子の狂っているのがよくわかるのよ」

と言った。すると、大きな声では物の言えないような大人しそうな森田君が、さすがに手出しはしなかったが、

「それはひどいですよ、ひどいですよ」

と、泣き出しそうな、必死の声で抗議した。私は冷やりとし、そして驚いた。絵を逆様にして調子の狂いを見るのは研究所などではよくやる手で、福島さんはそれをやってみせたのに過ぎないが、森田君はおそらくそういうところで絵を習ったことはないのだろう。彼には福島さんの行為が、自分の作品に対する途方もない冒瀆と映ったのにちがいない。

五十号くらいの、黄色い着物を着た女を描いた絵が一枚あって、彼はいまこれをや

っているところだと言い、その女が、ときどきここへポーズをしにくるのだと言った。私は、この浮浪者同然の、甚だ見映えのしない青年のためにモデルになってやる女性のいることを思って、なんとなくほのぼのとした気持になった。その年の秋の独立展で、私は思いがけなく、階上の一室の片隅にその絵を見つけた。森田君の独立初入選であった。

初めて森田君を訪ねたその日、私はまた彼の作品を二枚買った。そのうちの一枚が「京都花見小路」である。赤い壁の家は祇園の一力ではないかと思う。この作品が特に優れていたというのではなく、彼の仕事で、私に理解できるのはまずこのあたりが限界なのであった。

森田君が私の画廊へ最初に姿を見せたのは、私が森田君を訪ねたこのときよりも前だったように思う。そのとき、あの、喫茶店で買った四十号の彼の絵が画廊に置いてあった。その絵にはサインも何もなかったので、私は彼にサインを入れてくれと言った。すると、彼は怖いものでも見るように後込みして、

「ぼくの絵なんか、ぼくの絵なんか」

と、どうしてもサインしようとしなかった。その絵に限らず、この当時の彼の絵は、どれもサインがない。彼が自作にサインするようになったのはずっと後のことである。

森田英二「京都花見小路」
制作年不明　45.5×53.1　油彩（宮城県美術館蔵）

その四十号はその後二度目か三度目かに、むりやり彼の手に絵筆を握らせるようにしてサインしてもらったが、見ていると、彼は大きな画面の隅の、危うく転がり落ちそうな端っこに、原稿用紙の枡目（ますめ）に入るくらいの小さな漢字で自分の名を書き入れた。

　彼はいつも、まるで自分の作品が残るのを恐れているかのようであった。自分の古い作品（古いといってもせいぜい一年か二年前だが）を見るのを厭（いや）がった。なにかの話のついでに、私が物入れから例の四十号をひっぱり出してきたりすると、彼は殆（ほとん）どその場に居た堪（たま）らぬような風を見せた。自信がないというのともちがう。俺がほんとうに描こうとしたのはこんなものじゃない、こんなものを俺だと思われては困るんだ、と声にならない声で叫んでいるようであった。そして、猛烈に描きまくる反面、しばしば自分を疑い、簡単に絶望してしまうらしかった。あるとき、それもあの自由ヶ丘の物置小屋でだったが、私が帰ろうとすると、彼は突然、

「ぼくはもう絵をやめて、トラックの運転手に雇ってもらおうと思います」

と言った。私は呆(あき)れて彼の顔を見た。絵を描く以外に、この男に何ができるというのか。

「君、車の運転ができるの?」

「いいえ、ですから、あの助手のほうです」

この天才は、トラックの助手席に坐(すわ)っているのは、ただ坐っているだけだと思っているのだった。

その後も、私は何度も、彼が自分はだめです、もう絵をやめますと言うのを聞いたことがある。

私が識(し)りあった頃、彼は半年に一回か、ひょっとすると三月に一回くらいの割合で、個展やグループ展のようなものをやっていた。貸画廊を借りてやっていることもあり、喫茶店のときもあり、名前を聞いただけではどんな場所なのか見当のつかないような

ところのときもあった。その都度彼が自分で案内にきて、三度に一度は私も見に行ったが、見るたびに、画風も題材も目まぐるしく変っていた。そして、そのあるときから突然、昔の遊女屋のようなものを描くようになり、それも、太い針金のような硬い黒の直線で女の肢体（したい）も、蒲団（ふとん）や枕（まくら）なども、いちようにボール箱のように方形に描く、奇妙なスタイルに定着して行ったが、絵にも何もなっていないと言えばそうとも言えるし、しかし何かがあると言えばたしかに何かありそうにも見える、要するに以前にも増してメチャクチャな絵で、どうですと意見を訊かれても、どうとも答えようがないのであった。

そういう作品に彼は「末摘花（すえつむはな）」とか、「美姫（びき）・桜」「美姫・梅」というような題をつけていた。「桐壺（きりつぼ）」などというのもあったように思う。いったいどういうきっかけで、彼はこんなモチーフを摑（つか）んだのか。森田英二と遊女、森田英二と末摘花、森田英二と源氏物語の結びつきのふしぎさは、正に端倪（たんげい）すべからざるものがあった。美姫・桜とか梅とかいうに至っては全くなんのことだかわからないが、それでいて何か変な語感のあるところは彼の絵に似ている。ただひとつ私に言えることは、彼には人の意表に出ようとか、これで人目を惹（ひ）こうとか、そういう思惑や下心はないということである。これは彼のイメージなので、奇矯（ききょう）なのは題材ではなく、彼のそのイメージなのだ。

その頃、彼はもう自由ヶ丘にはいないで、三鷹のほうへ移っていた。結婚したとも聞いていたが、例の目黒の喫茶店で何度目かの個展をしたとき、そこへ細君をつれてきていて、私は初めて会った。病院の看護婦さんだということで、これといって目立つところのひとつもない、二十歳くらいの至極普通の女性であった。

「ははあ、この人が美姫なんだな」

と、からかい半分に私は言った。すると森田君はすこしもためらわず、

「ええ、そうです」

と答えて、うれしそうに笑った。

その美姫何とかの二百号の大作が独立に入選したとき、私はまた福島さんといっしょに、その展覧会を見に行った。あの黄色い着物の女の絵が初入選したときから数えて三度目か四度目の入選であった。しかし今年は二階ではなく一階に並んでいます、と例によって案内にきた彼が得意気に言い、第何室ですと室の番号も教えてくれたのだが、私はそれを忘れてしまい、ひとつ新しい部屋へ入るたびに、きょろきょろ四辺を見まわした。

「ないわねえ、見落したんじゃない？」

と言う福島さんに、

「なに、あるさ、すぐわかるよ、ここでいちばん下手な絵を探せばいいんだ」

大きな声で答えて、ひょいと振り返ると、そこに森田君が立っていた。もちろん聞えたにちがいない。いつもの泣き笑いのような顔を、彼はしていた。彼の作品はその部屋にあった。

翌年の春の、独立の新人選抜展にも、彼は美姫モノを出していた。もしかすると、そのときのが「桐壺」だったかもしれない。まあそれはどちらでもいいので、題が「末摘花」だろうと「桐壺」だろうと、あるいはまた「美姫」だろうと、描かれているのはいつも同じ、遊女めく女たちである。そもそも末摘花とは何か、彼は知っていたのかどうか。

「ぼくは末摘花という言葉が好きなんですよ」

と、彼が言ったことがある。読んだとは言わなかった。源氏物語に至ってはなおさらだろう。

そのときも私は会場で森田君に会い、作品についての感想を訊かれたが、やはり、

「面白いね」

とかなんとか、歯切れの悪いことしか言えなかった。

私にはわからないのである。彼の仕事は、タブロオとしてみれば、油絵というもの

についての私の概念とはおよそ背馳する。絵という以上はこれだけの条件には適っていなければならないという、その条件の大部分に欠けている。私としてはお世辞にもいい絵だとは言えない。それでいて、彼の作品にはやはりひかれる。その途方もない逸脱、その放胆さは、とにかく真似て出来るものではない。森田英二のバランスシートを出すことは、私には不可能である。

画廊が西銀座からいまの松坂屋裏に移ったとき、彼に移転通知を出したような気もするが、出さなかったような気もする。出したのが戻ってきたのか、それとも、出しても届きそうもない気がして出さなかったのか、いずれにしてもその後しばらく、私は彼に会わなかった。その間に、福島さんが画廊をやめて独立した。

佐藤哲三の遺作展のときだったと思うが、最終日で画廊に人が立て混んでいる最中に、久し振りに彼がリュックサックを背負って入ってきた。私は彼を奥の、事務室兼物置の小部屋へ通しておいて、しばらくしてそちらへ行くと、彼は、

「絵を見てください」

と言って、床に置いたリュックの紐を解きはじめた。リュックの中には、厚紙やダンボールをいい加減に千切って、それに油絵具で描いたコマギレみたいな絵がぎっし

り詰っていた。数百枚あるだろう。

「こらあ、今日はとてもだめだ」

私は辟易して言った。会場のほうは相変らず人でいっぱいなのである。

「見てもらって、気に入ったのがあったらあげようと思ってきたんです」

「じゃあ、君が自分で選んでくれよ、君がいいと思うのをどれでも」

すると彼は手をリュックの中に突っこんで、絵をひと握りつかみ出して机の上に置くと、リュックの紐を締め、またそれを肩に担いで帰って行った。

その後またあるとき、彼はやはり小さな絵を大きな紙袋にいっぱい入れて提げてきた。ただ、こんどはボール紙ではなく、一枚々々、手製の枠に新しいキャンバスを張って描いてあった。その絵を私の眼の前に並べて見せながら、

「ぼく、パリへ行くことにしました」

と、森田君は言った。私はまた驚いた。

「行くって、金はあるのか」

「往きの旅費だけ作って、あとは向うへ着いたら、道端で絵をかいて観光客に売るとか、それもだめなら乞食でもします」

「よせ、よせ、ほんとに乞食になるぞ」

と私は言った。この男に観光客相手の絵なんか描けるはずがない。乞食にしたって本人が考えるほど甘いものではあるまい。乞食はおろか、ほんとうに餓え死にする心配がある。しかしそう言いながらも、その日彼の持ってきた絵を私は全部買った。パリまでとは行かなくても、ナホトカまでの船賃くらいにはなったかもしれない。

「パリで絵をかいたら、ときどきは、小さなものを小包にして送っておいでよ、キャンバスをぐるぐる巻いて筒にすればいいんだ、どうせ僅かだが金を送るよ」

そう言うと、

「ほんとですか、頼みますよ」

と顔を輝かせたが、その後、行ったはずの彼からは、ついにいちども、絵も手紙も来なかった。半年ほどして、ある日、美術の新聞をやっている水上杏平さんに会うと、水上さんは、

「森田英二が帰りたがっているよ、パリにがっかりしたらしい、東京のほうがいいそうだ」

と言った。水上さんのところへは便りがくるらしい。

「がっかりしたって、そもそもあいつ何を考えてパリへ行ったんだろう」

「さあねえ、それに水が合わなくて、蕁麻疹が出て弱ってるらしいよ」

水上さんにはめったに会わない。その次に会ったとき、森田君が日本へ帰ってきて京都にいる、と教えてくれた。パチンコ屋で働いているようだと水上さんは言った。

その晩、水上さんとビヤホールでビールを飲んでいるうちに、私はふと、「この人を見てください展」という展覧会のシリーズを私の画廊でやってみたらと思いついた。

普通、画廊で若い人の個展をするときには、先輩の作家や批評家に頼んで推薦の文章を書いてもらうのが慣わしになっている。当然、悪口を書かれることはなく、みな多少無理をしてでもほめてある。だから私たち画商の間では、その文章のことを「お世辞」と言うのだが、読むほうでもそれは承知の上なので、あまり気をつけて読まないか、全然読まないかである。

そういう無意味な仲人口(なこうどぐち)を一切抜きにして、私にはこの人はいいのか悪いのかわかりません、ひとつごらんになって、皆さんのほうで品定めをしてください、という展覧会をやったらどうだろう。その第一回展が森田英二だ。

「そら面白い、ぼくはもうすぐ京都へ行くから、行って森田に会ってくるよ」

と水上さんも乗り気になった。

それが去年の暮である。しかし京都から帰った水上さんは、行ってみたら森田君は最近引っ越したあとで、転居先は家主にもわからない、と言った。

いまは彼のほうから現われるのを待つほかはない。「この人を見てください展」もそれまでおあずけである。

（初出　一九七三年六月）

四畳半のみ仏たち

今月の「気まぐれ美術館」は何を書こうかと考えながら、煙草(たばこ)を二、三本たて続けにのんでいるうちに、山積みになった本の背後から頭を出しているガンダラの石仏が眼(め)についた。円空仏もある。円空は二体あるはずのうちの一体がどこへ埋没してしまったのか見当らないが、とにかく、本は何重にも積み重なっているので、仏様たちはそのいちばん後ろの、壁際(かべぎわ)の本の上に鎮坐(ちんざ)ましましているのである。

仏様をとり出してきて、机の上の、原稿用紙の向うに並べてみた。数年よく見ないうちに、仏様はどちらも、すこし色が黒くなったような気がする。気がするのではなく、確かに黒くなっている。それもだんだんに上の方からである。それで判(わか)ったが、これは煙草のせいにちがいない。一日にセブンスターを三箱と、ほかにパイプも吸う私の部屋では、日を経るに従って、何も彼(か)もが黄色、もしくは茶褐色(ちゃかっしょく)を帯びてくる。

煙草だけではない。夜中に自分で飯を炊いて食う習慣の私は、お菜のほうは駅前の八百屋で買って帰った京菜の漬物などで済ますが、たまに厚揚げだの、鯵のひらきなんてのを焼くことがある。魚を焼く煙で仏様がいぶってしまうなどとは罰当りな話だが、四畳半ひと間のアパートでは、これまた止むを得ないのである。

この大森海岸の四畳半のアパートに、考えてみると、私はもう、ほぼ二十年住んでいる。来年でちょうど二十年になる。しかし、不思議に、自分がここで二十年も暮したという気はしない。ただ、私がここへ入ったとき小学生になったばかりだった大家さんの一人娘が、成人してお聟さんを迎え、子供が生れ、その男の児の手をひいて、また大きなお腹で、買物籠を提げて歩いてくるのに逢ったりすると、確かに二十年は過ぎたのだなと思うのである。二十年はあッと思う間に過ぎてしまったが、あと二十年私が生きられるかどうかは覚束ない。

大家さんの家が露地の入口の角にあり、露地の行き止りがアパートの玄関で、このアパートも、私が移ってきた頃は平屋であった。もっとも、このアパートだけでなく、大家さんの家をはじめ、まわりの家もみんな平屋で、だから、私の部屋の窓から裏の家の屋根越しに、ポプラの木が風に揺らぐのが見えたり、窓の下の狭い空地に月見草の花が咲いたりした。部屋数は五つ、一組だけ私よりも前から住んでいる夫婦者がいて、旦那のほうはどこか有楽町あたりの中華料理店に勤め、細君のほうは近くの料理屋の仲居か何かしているようだったが、その細君がたいそうご亭主を可愛がって、夏になると私の窓の下の月見草の中に盥を据え、なんとかちゃん、洗ってあげるわよ、と言いながら行水を使わせるので、その間、私は暑くても窓をあけることができず、閉口するのであった。そんな、夫婦で行水なんかできるのも、私さえ窓から覗かなければ、お月様以外誰にも見られる心配がなかったからで、袋小路のその奥のこのアパートの、ましてその裏側へ、人が入りこんでくるというようなことは全くなかった。私はよく新聞で、指名手配になって逃走中の犯人の記事を読むと、私のところへ逃げこんでくれば匿まってやるのになあと思ったものである。

いまは、そうは行かない。まわりの家が全部二階建になり、新しく建った家もあり、裏の家などはアパートになったので、どうかすると、夜中に、そこの住人の鼾が私の部屋に聞えてきたりする。私のアパートも、周囲の家と相前後して、上に一階継ぎ足して、二階建になった。

アパートに二階ができたのは十年程前で、その夏は二十九日間雨が降らず、あと一日で気象庁開設以来の記録とタイになるとか、記録が破れるとかいう日、夜、私が寝ていると、耳の傍でさかんに水の音がした。私は、あまり雨が降らないので、雨の降る夢を見ているのだと思ったが、眼を覚ましてみると、ほんとうに土砂降りの雨が降っていて、枕許へ滝のように雨洩りがしているのであった。雨洩りなどという生易しいものではない。昼間、二階継ぎ足しの工事が始まって、瓦を全部とってしまったところだったから、屋根がないのも同然で、骨だけの屋根を伝う水が、天井裏を這って、まず私の枕許へ落ちはじめたのだった。

そのときは私はもう絵の商売をやりはじめていたので、狭い部屋をいっそう狭くして、ここにも何枚か絵が置いてあった。私はとび起きて、自分の着ていた蒲団を絵にかぶせ、自分はまだ雨洩りの始まらない場所を選んで、しかたがないのでそこへ坐って本を読んでいたが、どの部屋も大変らしくて、アパート中の人間が廊下に出てきて騒いでいた。なかでも例の行水亭主が喚き散らして、そこらじゅう走りまわり、消防署へ行ってシートを借りてくるといいんだ、消防署には家にすっぽりかぶせられるくらいのシートがあるんだ、などと叫んでいるのが聞えた。私は、なるほど消防署ならそういうシートがあるかもしれないと、そのときはそんな気がしたが、あとで、あれはあのとき逆上気味の行水氏が出まかせを口走ったのではないかと思うようになった。しかし、消防署で確かめてみる機会もないままに、いまでも半信半疑である。

その行水氏夫妻も二年前、どこかにマンションを買ったとかで移って行ったので、二十年もここに居るのは私ひとりになってしまった。行水夫妻も二十年近くいたわけだが、私たちを除くと、あとはたいてい半年か一年で変るようである。でなければ大家さんもたまるまい。入ったとき私の家賃は四千五百円だったが、その後値上げしたとはいっても、私だけはいまも六千円である。

私は、よほどのことがなければ、引越しはしたがらないほうである。ここへ来る前は、やはり大森でも山王のほうにいたが、そこからここへ移ったのが、東京に住むようになって以来、ただ一度の引越しなのである。当時は荷物もすくなくて、私は食器や本を数個の蜜柑箱に詰め、近所の馴染みの質屋で自転車を借りて、それで運んだ。

山王のアパートというのは清浦坂を上ったあたりの高級住宅街の中にあり、何々パンションというふうな名の、当時としてはしゃれたアパートで、環境だけは申しぶんなかったが、困るのは、便利過ぎて、やたらと居候が入りこんでくることであった。私の部屋には年中誰か彼かいて、来ればひと月でもふた月でも住みついてしまう。自分の部屋に自分ひとりでいる隙がない。やっと出て行ってくれて、やれやれ今夜からひとりになれると、それを楽しみに、久しぶりにのんびりした気持で映画を見て帰ってくると、窓に灯がついていて、誰だろうと思ったら、朝出て行った居候氏がまた舞い戻っていて、がっかりしたなんてこともある。

居候諸士がなかなか出て行かないのは、私が全くの貧乏で、米はあっても金がなく、飯に醤油をかけて食っているというような有様を見ると、気掛りで、見棄てて行くに忍びなかったのかもしれない。お菜は居候のほうで心配するという具合で、私のほうも、代々の居候諸士にはずいぶんとお世話になった。

だが、人間は、孤独になりたいという欲望を、心の底に抱いているものである。独りになれない苦痛を、私は昔、警察の留置場や軍隊で、イヤというほど味わっている。もう警察に捕まる心配もなく、軍隊にとられる心配もなくなってからでも、その苦しさは骨身にしみていて、長く独りになれないと気が狂いそうになってしまう。居候のいる便宜などには換えられない。とうとう私のほうで逃げ出して、ちっとやそっとでは見付かりそうもない海側の裏町の、そのまた露地の奥のいまのアパートへ、誰にも言わずに引越したのだが、間もなく、ある晩、以前の居候の中でも最も手強い居候が訪ねてきたのには驚いてしまった。ああいう居候の熟練工には、特殊な嗅覚のようなものがあるのだと思わないわけにはゆかない。

こんな愚にもつかぬ居候の話など書きだしてしまって、読者の不興顔が眼にちらついてくるし、書きながら、私もどうなることかと心配になってきているのだが、やがて必ず円空さんが登場するはずだから、いましばらくのご辛抱を願いたい。実は、この貧乏話と私のところの円空とは、多少のつながりがあるのである。

いまのアパートへ移ったときは、思い出してみると、それまで長年の完全無職無収入の状態から心機一転して、職業と言えるかどうかは判らないが、とにかく外へ出て働きはじめたときで、築地警察の裏に事務所を借り、数人の仲間と「これくしょん」という雑誌を出そうとして、いろいろやっていた頃であった。

その雑誌が創刊号を出しただけで潰れ、次に、また別の仲間と新宿の甲州街道口に小さな事務所を借りて、短篇映画のプロダクションを始めた。気恥かしくてここには書けないような大そうな名前をつけたが、仲間といっても、私も入れて三人で、私が台本を書き、Hという友達が製作担当、Oというのが経理担当、カメラは必要なとき、アイモを持っているフリーのカメラマンを呼んでくるのである。

まず最初に作った一巻物の三本が文部省選定というのになったりして、大いに気をよくしたが、続いてある旅行社の注文仕事をして不渡手形を摑まされ、その一枚の不渡手形で、弱小プロダクションはたちまち息の根を止められてしまった。

手形が不渡りになったというだけならまだいい。その手形をあてにして、こちらも手形を振り出したり、小切手を書いたりしている。それを買い戻すための金策で、三人共死物狂いだった。もう借りられる先は全部借りつくし、金策のあては全くなくても、だからといって、じっと事務所に坐っていても、どうなるものでもない。あてがあってもなくても、とにかく新宿駅へ行っていちばん短い区間の安い切符を買い、電車のホームで行先を考える。そんな日が何ヵ月も続いた。後に画廊を始めてから、世田谷の祖師ヶ谷だの烏山あたりへ画家を訪ねて行くことがよくあったが、京王線に乗って甲州街道口を通ると、(当時はまだ電車が路面を走っていた)、私はわけもなく気が滅入ってしようがなかった。暗澹とした心で毎日歩いた家並が、いやでも眼に入るからであった。

プロダクションの一年余りは思い出すのもいやだが、ただひとつ、そのときの仲間が貴重なものを私に残してくれた。債権者から膝詰談判を食い、詫びを入れるにも最早入れようがなく、おまけにそれが二つも三つも重なってせっぱつまったというようなとき、経理のO君は(いまとなってはもう経理も糞もなかったが)、

「ああコリャコリャですなあ」

と、笑って言うのであった。Hは私同様酒の飲めない男だったが、そのHと私とは、たとえどんなに困っていても、毎朝新宿の街でモーニングサービスのコーヒーを飲むことにして、それを欠かしたことがなかった。HとOから、私は、窮地に陥ったとき

の肚の据え方を教えられたのである。

田村泰次郎氏が銀座で現代画廊を開き、私が手伝うことになって、私がまずそのプロダクションから抜けたが、数年後には、私は田村さんの跡を継いで自分で画廊をやるようになり、Hは私の画廊の近くのビルで、カントリークラブの専務かなにかに納まっていた。Oは何をやっているのか、どこか江東区のほうのスーパーのようなところで働いているようであったが、税金の申告期になると画廊の帳簿を見にきてくれたりして、時が経ってみると、三人共、結構身の振り方はついていたわけである。

Hと私とはまた頻繁に会うようになり、またいっしょにコーヒーを飲むようになったが、会ってみると、金廻りのよくなった彼は刀剣に凝っていて、彼がコーヒーを飲みに私を誘い出すのは、稀代の名刀の一振りを、目の利かないばかな道具屋から安く手に入れたというようなときで、コーヒーを飲みながら、私は彼の、商売人も遠く及ばぬ眼力についての自慢話を聞かされるという次第なのであった。そのうちに、彼はこんどは壺に凝りだして、コーヒー店での話題は縄文だの古備前だのになり、その次が土俗面であった。長続きはしないが、凝ると、しばらくは彼は熱中する。熱中の対象は次々に変っても、変らぬのは昔ながらの彼の行動性で、商売柄、キャディ募集の出張のついでというようなこともあるだろうが、彼の名品探索の足は、しばしば金沢

筆者蔵の円空仏

だの、新潟だの、四国の高松などにまで及ぶようであった。

その次が円空だった。前の年に鎌倉の近代美術館で円空展が開かれ、円空ブームが捲き起っているときであったが、ある日、彼は一体の円空仏を抱えて、意気揚々と私の画廊に現われた。それが、ここに写真版で載っている観音像で、Hの言うところによると、彼はそれを鶴見の総持寺で発見し、特級酒を一本提げて行って、住職と二人でその酒を飲んで意気投合した（と飲めないはずの彼が言うところがおかしいが）挙句、上機嫌の住職からその仏像を貰ってきたのだというのであった。そして、もう一体あるから、それも近いうちにせしめてみせると言った。

ひどい奴だとは思ったが、いくぶん羨ましい気がしないでもなかった。そして、数日後に、彼がもう一体のほうを、こんどは三升樽でせしめてきたとき、私は一種の義憤の如きものを身裡に感じながら、この二体の円空は必ず俺がとりあげてやるぞ、と思った。熱し易く冷め易いＨのことである。それにはしばらく時を待てばよい。案の定、その後どれほども経たぬうちに、彼はデッサンに凝りはじめ、私は彼に林武のデッサンを一枚やって、交換に、この二体の円空仏を手に入れたのであった。

「藝術新潮」の一昨年（一九七二年）の十月号に、五来重氏が円空のことを書き、その終りのほうで、飯沢匡氏の「円空遁走曲」にちょっと触れている。飯沢さんのその戯曲を私は読んでいないが、なんでも、どうせ世の中は偽物だらけ、偽物だろうと何だろうと、仏は拝まれれば本物、というテーマのようである。真贋ということになると、問題はすこしちがうと思うけれど、たぶん、仏像を見ても真贋ばかりを気にする世間への皮肉なのであろう。しかし、その論法で行くと、私の四畳半で本の下積みになっているこの円空などはどうなるか。たとえ紛れもない本物だとしても、まことに気の毒な本物だというほかはない。

ただ、もしこの円空が本物であれば、これが鶴見の総持寺にあったということに多少の意味がある。円空の作品はこれまで、おもに岐阜、愛知、滋賀あたりに集中し、さらに三重、長野、栃木、青森から、遠く北海道でも発見されている。ところが、この奇僧が当然遍歴したはずの中間の地方では、いっこうに見当らない。それが発見されれば、二百五十年前の、この天台密僧の足跡がそれだけ瞭らかになるわけで、この二体の彫像は、円空が神奈川の鶴見を通って行ったことの証明になるからである。

円空さんとガンダラと、どちらが先に私の四畳半の同居人になったかは、いまちょっと思い出せない。ガンダラについて言えば、この石仏はもと劇作家の青江舜二郎氏が持っていたのを、氏が自作の戯曲「西太后」を自費出版で本にするとき、その費用に充てるのだと言って私に買わせたのだったから、いずれにせよ、「西太后」上梓のちょっと前ということになる。

当時青江さんは日大の講師をしていて、同時にリュウマチを患っていた。足が痛くて、とても自分で持ってこられないから、私のほうでとりに行ってくれと言われて、駿河台の日大図書館へ行き、職員の人にロッカーの中から出してもらったが、何重にも古綿でくるんで、インドのものらしい頭陀袋みたいなものに入れてあった。青江さんが印度旅行から持って帰った、そのときのままかもしれない。私は袋を胸に抱え、なおそのうえに、袋の紐を肩にかけて神田の町を歩いたが、石仏はリュウマチでない私にもずいぶん重かった。

青江さんと私とは、戦争中、大原の軍司令部時代の友人である。青江さんは中尉で、軍の宣伝班長、私は情報室の調査班長であった。いわゆる戦友で、戦友の青江さんが買えというから買ったものの、私にはこういうものについての知識はまるでない。しかし、持って帰って、しばらく画廊に転がしているうちに、いろいろの人が見て、いろんなことを教えてくれる。鎌倉近代美術館の土方定一氏が、フジカワ画廊主の美津島さんと連れ立って見にきたことがあった。人に言われて、私のほうから抱えて行って、三日月画廊の石黒さんに見てもらったこともある。石黒さんはそのすこし前、京大の探険隊みたいなものに加わって、インドへ行ってきたところであった。

いろんな人の意見を綜合すると、このガンダラ仏は紀元二、三世紀のもの、ガンダラとしては後期のものになるらしい。それには着ているものの襞の具合がどうとか、顔の輪郭がやや丸顔であるとか、いろいろあるのだが、折角教えてもらったことを、私はまたみんな忘れてしまった。

そういうことよりも、私はこの石仏を見ながら、いつも考えることがひとつある。この石仏を見ていても、ふしぎに仏像という気が私はしない。世話のやけない居候くらいの気でいるのだが、これはどういうわけだろう。この文章の題に「み仏たち」な

筆者蔵のガンダーラ仏

どと私は書いているが、それはなんとなく語呂がいいからそうしたまでで、ほんとうはみほとけとか、ほとけさまとかいう感じはあまりしない。言うまでもなく私に信心ごころがないからではあるが、それにしても、み仏たちという言葉で私の心に浮んでくるのは奈良や京都のお寺の、本堂の薄暗がりの中に静かに立ちたまう仏たちである。あの仏たちとこの仏とは、どこがどうちがうのであろうか。

いったい仏像とは何なのか。私にも考えられることは、仏というものは歴史的人格ではなく、超歴史的、超人格的な存在で、だから仏像には個性というものがなくてみんな同じような顔容をしており、お釈迦様と如来様と阿弥陀様とを識別するには、その手の結ぶ印（いん）によるほかはないというくらい抽象的、且（か）つ象徴的でなければ、人間に帰依（きえ）の心を起させることなどできないのではないかということである。

　ところで、このガンダラ仏のお釈迦様は、その印というものも結んでいない。ごく自然に、手を膝（ひざ）の上に重ねていらっしゃる。しかし、このときの釈迦は苦行をやめて山を降り、尼連禅河で水浴びをし、伽耶（かや）村の菩提樹（ぼだいじゅ）の下で静観に入ろうとしているところである。当然、そのとき、彼は誰でもするように、こんなふうに手を組んだのにちがいない。その日も釈迦三十五歳の二月八日とはっきり判っている。そんなふうに、私はいつもこの像を見ながら、つい物語的な空想に耽（ふけ）ってしまうのである。仏像という気がしないのは当然かもしれない。

　それはそれとして、この石仏が千七、八百年の歳月を閲（けみ）して、いま大森海岸の陋屋（ろうおく）の中で私と対坐しているという現実には、私は深い感動を覚えずにはいられない。たぶんこのお釈迦様は、ここで二十年暮したとか、あと二十年は生きられそうもないとか言って、いささかの感慨を催している私を笑っているにちがいないのである。

（初出　一九七四年四月）

『絵のなかの散歩』の三刷が出来て、今日、新潮社から見本が郵便で届いた。私はなんだか、とても安心した。三刷が出たということは、とにかく、ぽつぽつでもこの本が売れているということだろう。すこしは売れてくれないと、私は、本を作ってくれた出版部のKさんに申し訳がないのである。

Kさんがなぜ私のような者に本を書かせようと思いついたのかは、判らない。私には、これといって何のキャリアもなく、Kさんにとって、私は、いわばどこの馬の骨とも判らぬ存在だったはずである。もっとも、だからこそKさんは何か勘違いして、私の本を作ろうなどと思ったのかもしれないが、それはともかく、私からすれば、そんな私を相手によくも危い橋を渡ってくれたと思うわけで、私はKさんに恩義を感じている。Kさんの方へは足を向けて寝られないと思うくらいだ。

初めKさんが私に、絵のことで本を一冊書きませんかと言い出したとき、私は、Kさんが本気で言っているのだとはとても信じられなかった。真に受けて私が原稿を書きだしてしまったりすると、うっかり口を辷らせたばかりに、Kさんは困るのではないかと思った。しかし、そんならいちど、はっきりKさんの真意を確かめてみればよいものを、それもしないのは、下手に切り出して藪蛇になり、あっさり前言取消しなんてことになりかねないと思うからで、やっぱり本は作ってもらいたいのであった。

だから、ほんとうは心中さかんに気を揉みながら、その後はKさんとビールを飲むようなことがあっても、私は却って、なるべく本のことには触れないように、方角違いの話ばかりしているのであったが、すると、その話の途中で不意にKさんが、

「あ、いまの話、それもぜひ書いてください」

と言ったりする。Kさんのほうでは私が原稿を書いているものと思っているらしいのだ。それではと思い立って、書けと言われた話は書く。だが、それきりで後が続かない。絵のことの本のはずだったのに、こんなこと書いて、これで本になるのだろうかと気持がひるんでしまう。すると、そのうちにまた、

「あ、いまの話……」

と来る。そんなことを繰り返して、絵とはあんまり関係のないようなこともいろい

ろ書いてしまって、一冊分の原稿が、二年余りかかってやっと揃った。お蔭で私は言いたい放題のことを書いて、身分不相応な立派な本を作ってもらうことになったが、そんな本を作って、Kさんは偉い人に怒られるのではないかと、また心配であった。その上その本が売れなかったりすると、まさか馘にはならないまでも、Kさんは年末のボーナスがフイになったりするかもしれない。もしそんなことになったら、私はKさんの並々ならぬ友情に対して、なんともKさんに申訳ないのであった。

一方、本を買ってくださった方に対しては、私は、心ならずもその人を騙したのではあるまいかと心配している。実は、この本は、絵の本としては少々インチキな本なのである。どうインチキかというと、例えば「中村彝と林倭衛」というような一章があるが、中身は作家論でも何でもなく（そんなもの私に書けるわけがない）、私は年をとってもう躰が動かなくなったら、私の持っている中村彝の自画像を千八百万円で売って、新潟の出湯温泉の山中に小屋を建て、独りで住んで、そこで雪に埋もれて死んでやろうと思う、などという世迷言が書いてあるのである。

私も初めからそんなことを書く気ではなかった。初めは絵の値段のことを書くつもりで、その原稿を書いていた二年前はいわゆる絵画ブームの真最中だったが、昔二十万円で買った中村彝の自画像がいまは千八百万円もするのに、同じ名作でも、林倭衛の少女像のほうは、二十年前もいまも同じ三万円だ、こんなことってありますか、というようなことを書いていたのが、勢い余って、山小屋の話になってしまったのだった。

もっとも、その山小屋のことも、そこで雪に埋もれて死んでやろうと思うというのも、まんざら心にもない口から出まかせを言ったのではない。私は、数年前から屢々新潟へ出かけているうちに、だんだん新潟が好きになってしまい、行けば毎度出湯温泉の石水亭に泊るが、そのあたりはひっそり静かで、空気もよく、どうせ死ぬならこの辺がいいのではないかと思うようになったのである。

むろん半分冗談だ。ところが、本が出て一週間ほど経ったある日、出湯に程近い水原町のお医者様で、前に二、三度会ったことのある家田三郎氏から、次のような文面の葉書が届いた。

――びっくりしたのは出湯温泉あたりの山の雪に埋もれてというところでありました。この二十年間に、春四月――五月に雪どけの山の八合目あたりで亡くなっている方、どこの方とも判らぬ方のなきがらがみつかり、私が検死をするのですが、四、五にとどまりません。なんとなく旅の方にはあの山が安らかに見えるのでしょうか。その方々は山の墓地にうめられています。七月になるとひどくひぐらしが鳴きます。

びっくりしたのは私のほうだったかもしれない。それにしても、とんだ人騒がせなことを書いてしまって恐縮していると、それからまた二日ほどして、こんどは全く未知の女性から突然、本を読んでとても面白かった、失礼かもしれないが、二十年ほど前自分が出湯の山の中に建てた家が、使わないでそのままになっている、それをあげましょう、という電話が掛ってきた。

こんどは、私はほんとうにびっくりした。失礼でなんかあろうはずがない。私はもう二十年以上も四畳半一間のアパートの独り暮しで、自分の家というものがない。田舎の家を売り払って東京へ出てきてしまってからは、文字通り三界に家なしで、その私に、たとえどんな家だろうと、家を一軒やろうというのだから、こんな有難い話はないのである。だが、なにぶんあまりにも突然のことで、私が即座に返辞も出来ないでいると、電話は一方的に向うからの話だけになって、自分は若いとき考えていたある生き方があり、そういう家をまだ他にも建てたが、いまは俗世間の人間になってしまったので、その家は、いわば自分の青春の想出(おもいで)だ。あなたのような人に貰(もら)ってもらえればうれしいんですよ、と、その人は言うのであった。

それにしても出湯などというところは有名でもなんでもなく、たいていの人が知らないが、たまたま私が小屋を建てたいと書いたちょうどその場所に、二十年前に家を建てた人があり、その人がまた、私のその本を読んだとは何という偶然だろう。それも不思議なら、どんな家かわからないが、とにかく、本を読んで面白かったというだけで家を一軒あげると言う、などということも、いまどき、ほとんどあり得ることとも思えない。

だが、稀有なことであればなおさら、私は、心にもない月並な辞退などして、この人の稀有な厚意を月並なものにしてはならないだろう。有難く頂戴することにして、

「せめてお名前だけでも」

と訊いたが、先方は笑って答えず、

「石水亭へよく行かれるようですね、家は石水亭の二瓶さんが見てくれています、二瓶さんに電話しておきますから、こんど新潟へ行かれたら石水亭へ寄って、二瓶さんに言って受取ってください」

そう言って、電話は切れた。どこの人とも判らずじまいである。

その年は、そのあと、七月は新潟に行かず、八月に入って、旧盆前にちょっと行くと、二瓶さんは待っていて、その山小屋へ案内してくれた。ちょうど新潟の柏木弘子さんが来合わせていて、一緒に行った。柏木さんも二瓶さんも、二人共古い時計か何

かの蒐集をしているらしく、私が石水亭へ行ったとき、二人の間で、新潟の町のどこかの骨董屋の話が出ていた。

「お金のある人にはかなわんもんね」

と、二瓶さんが笑っている。柏木さんの家は新潟市内の旧家で、彼女はそこの若い奥さんなのである。しかし、私の見る柏木さんはいつもジーパンをはいて、いつも同じ潰れたような靴をはいている。その恰好で東京へも出てくる。その靴のことを柏木さんは、自分で、亀の子タワシと呼んでいるのだが、今日もその亀の子タワシをはいていた。

だが、いつもこうというわけではないだろう。今年になってからだが、この春、柏木さんの家で祝い事があり、そのパーティが東京の帝国ホテルであった。そのとき、柏木さんの言葉を借りると「長谷川一夫さんの踊りをくださった方があって」、踊りが終ると、長谷川一夫がパーティの中へ入ってきた。そして、不意に柏木さんに向って、

「さっき、あなたは拍手でなく、お辞儀をしてくださいましたね」

と言った。そう言われて、初めて、柏木さんは自分のしたことに気がついた。

「お目障りだったでしょうか。実家の母がいまでも、長谷川一夫さんでなく、長はん

と申し上げて、私に話してくれます。今日のこと、母に土産にできるのがうれしくて、お礼のつもりで、たぶんそうしたんでしょう」

そう言うと、

「そう伺うのは私もうれしいことで……」

と、こんどは長谷川一夫氏が柏木さんにお辞儀をして、立去って行った。

「そのお辞儀のきれいだったこと、こんなお辞儀をなさる方にあたしのお辞儀を見られたのかと思ったら、なんだかぞっとした」

と、これは後で柏木さんが私に話したのだが、美しい人だし、そういう晴れの席での盛装した柏木さんは、さぞかし立派だろうと思う。

ところで、小屋は、石水亭の裏側の、二瓶さんの持山の中にあるのだった。すっかり藪に戻ってしまった山道を、鎌を片手にかざした二瓶さんが先に立って登って行く。すこし行くと、道の左手に小さな沢があって、その沢の向うの、深い杉の林の中に小屋が見えてきた。

「あれですよ」

と、二瓶さんが鎌でさしてみせた。沢に向ってベランダが張り出している。屋根が赤い瓦で葺いてあるのが、ちょっと意外な気がした。

「あら、洲之内さんには勿体ないわね」

というのが、柏木さんの第一声であった。言っておいて、

「ごめんなさい」

と、周章てて自分で口を押えて笑っている。

沢を渡ったところに小さなコンクリートの水槽が、半ば地面に埋めこんであった。中は枯葉で詰まっているが、ここへ竹の樋で、沢の上手から水を引いてくるのだということで、村で一番のいい水だ、と二瓶さんが自慢した。

電気のほうは、この小屋を建てたとき、電燈会社を口説いて、山の中に電柱を二本新設したということで、狭い小屋の中に、やたらとコンセントがつけてある。ただ、二十年使わずに締切ってあったので、小屋の内部は湿気が籠り、壁に張ったベニヤ板がプカプカにふくらんで、指で叩くと、その下から白い蛾が飛び出してきたりした。この壁と天井だけはどうしても張り替えなければならないだろう。

小屋の周囲は腰を没する大草で、それに、家を建てたときにはほんの苗木だったという杉が何本も伸び茂って、ベランダからの視界を遮っている。これは伐りましょう、と二瓶さんは言ったが、柏木さんは反対であった。草もこのまま、草茫々のほうがいいと言う。私はどうでもいい。小屋の中を歩きまわったり、ベランダに出てみたりし

ているうちに、みんな藪蚊に喰われた。匆々に山を降りて石水亭に戻り、柏木さんは自分の車を運転して帰って行き、私は風呂に入って晩飯を食った。夜になって、二瓶さんが部屋へ話しにきた。

家をくれた人がどういう人かは、二瓶さんに訊いて判った。名前も勿論判ったが、自分では名乗ろうとしなかったその人のことだから、ここでも、ただMさんとだけしておこう。

Mさんは山形の大地主の娘で、父親は県の政界の有力者でもあり、何か事業もやっている人だそうで、あちこちにその工場を持っているのだということである。その父親に反抗して若いMさんが家を出、家を出たMさんに、父親が工場を一つくれた。Mさんの貰った工場は山形と新潟の県境の町にあって、Mさんはまだ二十そこそこの若さで工場主になったが、やがてその町で妻子のある人と恋愛をし、その相手と二人で、深夜車を飛ばして石水亭へ来ることがよくあった。そして、二瓶さんとも親しくなり、二瓶さんの持山の中へいまの小屋を建てたというのであったが、それが二十年前だとすると、Mさんは私の想像していたよりはだいぶ若い人のわけで、そういえば電話の声は若い声であった。

その電話も、私は、もしかすると新潟からでは、と思っていたのだが、やはり東京からだったので、Mさんは間もなくその人と東京へ出て結婚し、その後ずっと東京にいるのだという。小屋を建てた頃のMさんが考えていたことというのが何なのかは、二瓶さんにも判らない。いずれにしても、その後Mさんは出湯には現われず、自分の建てた山小屋も見ていないのであった。

山小屋の修理は、年を越して春になってから取掛り、五月頃になって出来た。雪国は、大工は秋が忙しい。どこの家でも雪の来る前に造作や普請をするからである。私の小屋など、別に急ぐわけではない、いつでも大工の手の空いたときに、と私が言うと、二瓶さんは、そんなこと言ってると春になりますよと言っていたが、ほんとにそうなってしまったのである。

修理は一切二瓶さんに任せて、二瓶さんの考えでやってくれるよう頼んであったが、それでは二瓶さんは却って心配で、どう手をつけてよいかわからないというふうであった。だからといって、いちいち私に相談してもらっても、私も困ってしまう。なにしろ去年の八月に初めて行ってみたきり、その後はいちども小屋を見てもいない。この冬は、私は新潟へ雪の写真をとりに行ったりして、出湯へもいつになく頻繁に出かけているのだが、小屋は雪に埋もれていて、近づくことができなかった。春になって

山荘の内部

からは、また出かけられないでいる。そこで、思いついて柏木さんと相談してもらうことにして、それで二瓶さんも気が済むらしかった。とは言っても、私は柏木さんをそんなによく知っているわけではない。ただ、この人なら、小屋を観光ホテルの土産物売場みたいなものには決してしないだろう、という気がするのであった。変に山小屋臭いのだけは、思うだけでもぞっとする。

私がやっと出湯へ行けたのは、小屋の完成の報らせをもらってひと月も経ってからの六月で、梅雨の雨が降っていた。石水亭で泊って、翌朝、朝食の後でまたひと眠りしていると、そこへ柏木さんがやってきたが、この雨ではせっかくの小屋を見に行けそうもない。

「いいから寝てらっしゃいよ、お疲れなんでしょう」

という柏木さんの言葉に甘えて、私は枕に頭を載せ、縁側のソファに坐った柏木さんと遠い話をした。『絵のなかの散歩』を読んでいると、

「うーん、似ている、似ていると思うのよ」

と、柏木さんが言う。私と柏木さんが似ているというのである。私が驚いた顔をすると、

「でも、心配しなくてもいいのよ、似ているのは猫が嫌いなところとか、足が小さいというところなんだから」

私は足が小さくて、出来合いの靴を探すのに苦労するという話がその本の中に書いてある。猫のことは長谷川潾二郎氏の条りに出てくる。彼女のほうは、猫にとび付かれて気絶したことがあるそうである。

午過ぎになって雨が小止みになり、私は起き上った。

「小屋へ行ってみますか、ところで僕が行くとなると、何はさておき灰皿が要るんだが、二瓶さんに言って、ひとつ借りて行こう」

「灰皿もありますよ」と、柏木さんが言った。「もし泊ってみるつもりなら、お布団も……」

修理はできたと言っても壁や天井や建具だけで、中身はガラン洞だと私は思ってい

たのだが、そういうものも柏木さんは整えておいてくれたのらしい。しかも、この人は、私が小屋へ行こうと言いだすまで、オクビにも出さないのであった。

行ってみると、壁は節目の檜の板を横に並べて張り、天井は太目の材を井桁に組んで、まん中から下った電燈には、この人が自分の家から気に入りのを持ってきたのだという、古風な切子硝子の笠が被せてあった。部屋のあちこちやベランダの手摺についていた、ちょっと嫌味な自然木は全部取り払って、普通の角材に替えてあるのもいい。床はグレーの絨毯を敷き、窓には茶と黒の粗い格子縞のカーテンが掛けてある。

「お気に入ってよかったわ」

と、柏木さんはほっとしたように言うが、私は、心中ひそかに、この人のセンスに舌を巻いていた。私が自分でやったのでは、とてもこうはゆかなかったろう。よく磨いた硝子戸を透して、杉林の中へ降りこんでいる雨を見ながら、私は、杉の木がこんなに美しいということを初めて知った。

七月の末に、私はまた出湯へ行き、こんどは初めて小屋で泊ってみた。いつものことながら、このときも、二、三時間しか眠らない日が数日続いたあげくで、朝、いちど山を降りて石水亭で風呂に入り、食事をして、小屋に戻ってベッドに上ると、また前後不覚に眠ってしまった。いちど眠りはじめると、堰を切った眠りの洪水に押し流

山荘の外観

されてしまうかのようである。

どのくらい眠ったかわからない。ふと眼を覚ますと、部屋の中に柏木さんがいて、笊に盛った巴旦杏を食わないかと言う。先刻いちど来てみたが私がよく眠っているようなので、巴旦杏を清水に冷やしておいて、石水亭へ行って二瓶さんとお喋りしていた、と言うのであった。巴旦杏の果肉は芯まで冷え透って、歯に快かった。

「出湯で見る洲之内さんは、眠っているか、食べているかのどちらかねえ」

と、柏木さんが笑う。

せっかくこの人が遊びにきてくれているのに、悪いなと思いながら、いつの間にかうとうとしていて、ふと眼を開けると、彼女は部屋のまん中に坐り、何だかたいそう真面目な顔をして、ベランダの先の杉の林をじっと見ていた。私が眼をあいていることに彼女は気づかない。杉の木にはあまり蟬が来ないのであろうか。ひっそりと静まり返ったその杉の木立を透して、遠くの山で鳴きしきる蟬の声が聞えている。遠い蟬の声は無限に淋しい。

そのうちにまた眠り、また眼を覚ますと、陽が翳って、すこし暗くなりかかっている部屋の中には、もう柏木さんの姿はなかった。そして、杉の幹に斜に当っていた最後の光線が消えたと思う瞬間、小屋の四辺の高い梢で、夥しい数のひぐらしが一斉に鳴き始めたが、十五分ほど続いてぴたりとやむと、まるで夕立の雨脚が移って行くように、その声は、こんどはずっと遠くなって、向いの山から響いてくるのであった。なるほど家田さんの言うように、ここらはひぐらしの名所なのだ。家田さんの言っていた山の墓地というのも、どこかこの辺にあるのかもしれない。

だんだん暗くなって行く小屋の中で、ひとりベッドに横たわり、眼だけあいていると、いま自分が死んで行くところであってもいいなという気がする。なにも雪の中に限ることはないのであった。

（初出　一九七四年一一月）

海辺の墓

新潟と山形との県境あたりの海沿いの道を、いちど車で通ってみたいと私は思っている。ここのところ私はよく酒田へ行くが、羽越線の列車があの辺を通過するとき、海側の窓に坐っていると、街道脇の砂浜の奥に、ときどき、海に向った小さな墓地があるのが目につく。なんとなく心に沁みる風景、というよりも光景である。

墓地はどれも、小さな村の外れの、海岸の砂地の上にある。一本の松の木が墓地の中に立っていたりするのもあるが、たいていは、列車から見るその墓地の背後に、眼の届く限り日本海の海面と空が広がっているだけで、ほかは何もない。そのうえ、列車もほぼ街道に並行して、わりと海岸の近くを走っているから、淋しいその風景は心にとめて見る暇もなく、あっと思う間に車窓を過ぎてしまう。だから、いちど車で行ってみたいと思うのだ。行って、あの墓地の中に立って、そこから海を眺めてみたい。

あの辺で、墓地がああいうところにあるのは、山が海に迫っているために乏しい耕地を、墓場にするわけにゆかない、ということがあるだろう。墓地は砂浜の続きの、墓場にしか使いようのない砂地へ持って行かれるのかもしれない。だが、それだけだろうか。海に向った小さな墓地、といまさっき私は書いたが、墓がほんとうに海のほうを向いているのかどうかは行ってみないと判らない。ただ、きっとそうだという気が私はするのである。あの墓の大部分は、あの辺の寒村の、代々海で暮らしを立ててきた人たちの、更にまた海で死んだ人たちの墓なのではあるまいか。もしそうだとすれば、その人たちの墓は街道には背を向けて、海に向いているに相違ない。私の心に沁みる海辺の墓地のあの風景は、海が生の永劫回帰を、それに対置して、墓が時間と空間の中に存在する個々の人生を語っている、ひとつの象徴の風景なのかもしれない。

いっぺんあの道を車で通ってみようと思いながら、今回も酒田市へ列車で行き、列車で帰ってきてしまって、果せなかった。四月の一日（一九七七年）から酒田の本間美術館で「絵のなかの散歩」という展覧会が始まり、その展覧会は私の本の『絵のなかの散歩』に写真が載っている絵の展覧会で、会期中にちょっとでも顔を出すようにと言われて行ったのだが、十一日からは東京の私の画廊で小野幸吉の遺作展が始るので、それまでに急いで帰らなければならなかったからである。

小野幸吉は昭和五年に二十歳の若さで死んだ酒田生れの異色の画家で、私は彼のことをいちど「気まぐれ美術館」で書いたが、その取材のために酒田へ行ったのが私が本間美術館の人たちと親しくなるきっかけで、そのうちに美術館が「絵のなかの散歩」展を思いつき、更に、その絵を取りに東京へ来るトラックに小野幸吉の作品を積んできて、同じ期間、私の画廊で小野幸吉遺作展をやったらどうだろう、というふうに話が進んで行ったのだった。そうすれば、とにかく、遺作展のほうは運賃だけでもただになる。

本間美術館は絵をよく見せる（絵の見易い）いい美術館である。ここの展示室で見て、私は自分の持っている絵でありながら、こんないい絵だったかと思う絵がいくつもあった。もっとも、いつもはアパートの四畳半の部屋に、布団を敷く広さだけ残して天井まで絵が積みこんであり、一カ所だけ、上げた布団をそこへ置くために絵の山が低くしてあるという有様だから、文字通り絵と寝起きを共にしているわけだけれども、見たい絵をひっぱり出すだけでも大変で、ふだんはあまり見ていないのである。

展示の仕方がまた面白い。『絵のなかの散歩』の本の中から、それぞれの絵に関係のある個所を原稿用紙一枚ぶんくらい書き抜いて、その原稿用紙が絵の下に拡げて置いてある。お蔭で本の宣伝にもなって本が売れるらしい。その抜き書きの文章がまた、書いた本人の私がもう忘れていたりして、私はもっとゆっくり時間をかけて文章も読み、絵も見ていたいと思うのだが、案内というのも変だが館長の本間さんが出てきて一緒に歩いてくれているので、私は館長さんに気兼ねして、文章も走り読みにちらっと見るだけで通ってしまい、心残りといえばそれが心残りであった。

美術館の入口の看板にも、展示会のリーフレットにも、標題の「絵のなかの散歩」の頭に「洲之内コレクション」とサブタイトルがついていて、これがないと標題だけでは何だか判らないということもあるだろうが、初めはちょっと気になった。展示されているのは四十五点で、東京の私の部屋のほうにもその倍くらい絵が残っているが、どっちみちそれくらいの数では、数からいってもコレクションとはいえまい。一時は更にこの倍くらいはあったろうが、いつの間にか何分の一かに減ってしまった。一方で画商という商売をやっている限り、好きな絵だからいって、そっくり仕舞いこんでとっておくということはできないのである。展示された絵を見てまわりながら、私は却って、どうしても売らなければならなかったあれこれの絵を思い出すのであった。

いっぽう、並んでいる絵の一枚一枚にも、一枚ごとに、忘れられない思い出がある。とにかく、金がないのに絵は欲しいのだから、欲しいものを手に入れるためにはあの手この手を尽くし、心胆を砕いた。その苦労を思い出すのである。私は最初、画廊の経営者ではなく、使用人だった。二十年ほど前ではあるが、月給二万五千円である。これで女房子供を養っているのだから、絵なんか買えるわけがない。ところが商売が商売だから、ときにはどんな無理算段をしても手に入れたいと思うようなものが、わりと気安く眼の前に現われてくる。それが困るのだ。しかも、仮に金の都合はついても、使用人の身では、まっ先に自分が買ってしまうというわけにはゆかない。自分のものなら決して手放さないと思うものを、みすみす客に持って行かれてしまう。その口惜しさといったらなかった。

もともと、私のコレクション（？）は初めから、高くないものに限られている。買ったとき三十万円以上出したものはない。自分が経営者になればなったで、高い絵は、たとえ一旦は手に入れても、じっと持っていたのでは、たちまち商売が止ってしまう。いま見ると、私の持っている絵はだいたい二十年ほど前から十年ほど前までの間に集めたものであるが、それは、その頃は全体に絵がまだ安かったのと、その後は何も彼も高くなってしまって、自分の楽しみのために絵を買うというようなことはできなくなってしまったからで、その安かった時代でも既に高かった絵、例えば岸田劉生とか、藤島武二とか、岡田三郎助とかいった一連の画家のものは、私のコレクションには一点もない。その代り、ひと頃、私は萬鉄五郎や長谷川利行や松本竣介などを何十点も持っていて、いまもそれぞれ二、三点ずつは残っているが、むろん私がその画家たちを好きだったからではあったが、当時はそういう画家のものが安かったからである。

それに、当時は、むろん例外はあっても、物故作家といえばそれだけの理由で安かっただけでなく、現役の花形作家でも、若描きとか前描きとかいって、若い頃の作品は安く、近作は新しければ新しいほど高いという奇妙な慣例があって、初期の作品は一桁安かった。これが私などには幸いだった。仮にその作者が死んで十年も経てば、前描きも後描きもない。むしろ、いい画家は必ず二十代か三十代に、既にその人の最もいい仕事を残している。反対に、二十代にいい仕事をしなかった画家が、五十になっていい仕事をするなどということはまずない。この良い悪いは絵が売れる売れないとは全く別である。ともかく、その、値の高い近作のほうで商売をし、値の安い初期のいい作品をとっておくようにすればよいわけで、そこまで考えたわけではないけれども、私の持っているものは海老原喜之助でも、児島善三郎でも、鳥海青児でも、みんなその人たちの三十歳前後の作品である。

元来、コレクションをしようという気も、私はなかった。コレクションというのは、まず金持でなければやれないというのが自明の大原則で、金もないのに蒐集をしようなどとは、どだい無理な相談だとは初めから承知していた。それに、これはあとになるほど身に沁みてよくわかってきたことだが、画商という職業と蒐集とは、当然のことながら、二律背反的に矛盾しているのである。もっとも、画商をやったからこそいろんな絵にめぐりあえたということもあり、商売柄、交換で目的の物を手に入れるということもできたのだが、とにかく、私には、売るに忍びないという絵がいつもあって、売らずに済むものなら売らずにおいた。その結果、これだけはどうしても売りたくないという絵が少々と、誰にすすめても誰も買わないという絵が多数残った。これが私の疑問符つき、あるいは括弧つきコレクション成立の由来である。

だが、そうやって残った絵が一堂に並んでいるのを見て気のついたことがある。いわゆる何々コレクションというのとはちがった妙な感じなのだ。何々コレクションにはぜったい入ってないような片々（へんぺん）たるものが、却って幅をきかせている。小説でいえば私小説というところか。ただ、こうして見ると、私が絵というものをどう見ているかが、私自身の眼にはっきりするのである。その意味では、これはやはり私のコレクションと言っていいのかもしれない。サブタイトルの「洲之内コレクション」も、あれはやっぱりあれでいいのだろう。

ところで、将来あの絵をどうするつもりか。東京から酒田へ展覧会を見に行った人もぽつぽつあるようで、その人たちが帰ってきて、私にそう訊くのである。売るつもりはない。絵なんてものは売って金にしない限り何の価値もないのだから、従って、このコレクションを財産だと考えたこともない。売る気がないのはもう意地のようなものだ。こんどの展覧会の絵のなかには、鎌倉の近代美術館の土方定一氏が美術館で買うと言い、私が売らないと言って、土方さんを怒らせてしまった絵が二、三ある。もう昔のことだが、いまでも土方さんは私の顔を見ると思い出すらしい。先日も銀座のバーで一緒になると、土方さんは連れていた傍の若い人に、この人は、と私をさして、大森あたりの木造のおんぼろアパートに絵をみんな積み重ねているんだ、と肚立たしそうに言うのだった。そういうことが、前にも二、三度あった。

　土方さんが口惜しがるのは、いい作品は秘蔵すべきではなく、公開して、誰でもがいつでも見られるようにすべきだという公憤もある。また、そんなところに置いて火事にでもなったらどうするんだという批難もある。だから、そう言われると私は返す言葉がなく、いつも、

「そんなに怒らないでよ、僕が死んだら、みんなお宅の美術館にあげますよ」

　と言って、その場をごまかしてしまうのであるが、考えてみると、私のほうが土方さんより先に死ぬとは必ずしも定っていないのだから、この約束は空約束になる公算

が大きい。

　どうするつもりかを、もっとはっきり、

「あなたが死んだら、あのコレクションをどうするんですか」

と、訊いた人もある。そんなこと考えていないと言っては嘘になるが、考えるといってもただなんとなく思ってみるだけで、どうしようとまでは考えていない。このあいだ、一月に長野へ行き、小布施の桜井甘精堂の主人の桜井さんに会って一緒に食事をしていたとき、私は自分でも思いがけなく唐突に、小布施のどこかに空倉庫か何かありませんか、それともお宅にそういうのがあればすこし手を入れていただき、中身は私のを持ってきて、ちっちゃな絵画館のようなものを作ってみたいですね、と言い出してしまった。私が死んだら、私にもどうしていいかわからない絵の始末はすべて桜井さんの判断に任すとして、ついでに、その絵画館の片隅に私の墓でも作ってもらえればなおいいが、そこまでやってはやり過ぎかもしれない。

　本のほうの『絵のなかの散歩』は、初版が出てからまる四年になる。原稿を書きだしてからは六年目くらいだろう。まだ原稿を書いていた途中のある晩、新潮社出版部の、その本の担当のKさんとビヤホールで会うと、Kさんが私をからかって、

「――この本をお亡くなりになった先生方の霊に捧ぐ、という献辞をつけますか」

と言った。原稿がおくれて、原稿の中に登場する画家で亡くなった人が二、三あったからである。

「そんならいっそ、ついでにこれからお亡くなりになる方の霊に捧ぐ、としたらどう」

「そりゃあみんな怒りますよ」

「だいじょうぶだよ、誰も自分のことだとは思やしないから」

と、悪い冗談を私は言ったが、五年経ってみると、その間にほんとうに亡くなった人がすくなくない。いずれ、冗談を言った私のほうへ番がまわってくる。

私の画廊の、小野幸吉展のことを書くつもりだったが、紙数がもう残り少くて、あまり書けそうもない。それに彼については、私は前にいちど書いたことだし（『気まぐれ美術館』、「小野幸吉と高間筆子」参照）、ここでは、こんどの遺作展で気づいたことをひとつだけ書いておく。

その、前に書いたものも、私は、気がひけるくらい広いスペースを、『小野幸吉画集』から引用した林武氏と大野五郎氏の文章で埋めている。あの画集は小野幸吉の死んだ翌々年、確か昭和七年に出版され、部数も僅か三百部だったということで、今日では絶望的に入手不可能だが、その巻末についている諸家の追憶は、小野の死後間もない時期に書かれたものだけに、いずれも生ま生ましいほどの実感を伴っていて、小野幸吉についてはもとよりだが、一九三〇年という日本の洋画の最も昂揚し、充実した時代の空気を如実に伝えるものとして貴重だと、私は思う。時代という抽象的な言葉はなるほど便利だが、実は何も語ってはいないので、その時代のひとりひとりの画家の日常と、画家同士の係わりあいこそが、時代ということのほんとうの意味なのではあるまいか。そのうえ、諸家といっても概ね死んだ小野と同年輩の、二十そこその画学生で、先輩格の林さんでさえ、まだ三十歳とちょっとというところであろう。だいじなのはそこで、そういうその人たちの若さでしか感得できない小野幸吉の若さが、その人たちの若さといっしょに、あの画集から匂い立っている。その人たちの文章を読むと、今更私が書くことは何もないという気がして、それよりもと、林さんと大野さんの文章を、殆ど全文引用させてもらったのだった。

あの大野さんの文章が私は好きでたまらない。その中でも、大野さんが雨の降る水道橋駅のホームで初めて小野幸吉と口をききあい、小野の東中野の下宿へ引っぱって行かれて作品の批評を求められるが、大野さんが感心しながらだまっていると、小野は出してみせた絵を、「こんな絵びら」とかなんとかぶつぶつ言いながら、また引っ

小野幸吉「赤い家」 1928
73.0×60.0　油彩（個人蔵　提供：本間美術館）

こめてしまう、そこのところが私はとくに好きである。ところで、こんど、小野幸吉の作品を私の画廊に並べて遺作展を開いてみると、その「絵びら」のなんという美しさであろうか。

小野幸吉は二十二で死んでいる。しかし、この二十二は昔風の数え年で、そのうえ死んだのは一月だから、いまなら二十歳、正確には二十歳と十カ月で死んだのだ。そう聞くと、誰でも驚いてしまう。そして、誰もが彼の才能のことを言い、彼の生涯のあまりに早かった幕切れを惜しみ、この人がもっと生きていたらどういう仕事をしただろうと言う。また、小野の作品を見て、絵を書くことの原点のようなものをあらためて思い知らされたという人がある。頭をぶん殴られたようだという人もある。

ことごとく私は同感だし、みんなの言うことはよくわかるが、わかりながら、いまはこんなふうには絵を描くことはできないのではないかという気が、私はだんだんとしてきたのだった。ひとつ気がついたことというのがそれである。才能だけの問題ではない。時代という言葉はなるべく使いたくないが、時代がちがうのだ。こんなふうにひたすらに、まるで信仰のように、一切を自分の絵のなかに投入して生きるということが、いまはできない。なぜだろう。

いまは、見るものも知るものもあまりに多すぎる。いわゆる情報過多というやつで、若い人が絵を描くのでも、初めからあっちを見たりこっちを見たり、眼が外のほうにばかり向いていて、自分を見失ってしまう。万事世間様相手であるが、その世間のほうが大衆社会というのか、中間社会というのか、生活は平均化し、単位化し、生活の目標は小粒化して、せいぜい早くマイホームを持つことぐらいが人生の目的になってしまい、仕合わせとか幸福とかいう言葉がやたらに流行する。こんな社会に、はたして芸術など必要だろうか。民主主義は芸術の敵だと、私はよく暴言を吐いていつも怒られるが、すくなくとも、民主主義的嗜好に浸透されてしまった人間と社会からは、もはや芸術も、芸術家も生まれないのではないか、という気が私はする。

小野幸吉展の初日の晩は、小野の昔の友人の大野五郎、仲間冊夫、峰村リツ子、桜井浜江、斎藤求、斎藤長三といった人々が集ってきて、小野の生家から届いたお酒を飲み、小野の思い出話をした。小野幸吉の家は酒田市の造酒屋で、小野の遺作は長年その酒倉の中に仕舞ってあったらしいが、酒倉だから黴が生えやすいので、小野の中学の同級生でいま本間美術館の副館長をしている佐藤三郎氏が心配して、数年前、美術館の収蔵庫へ移し、お蔭で、彼の生家は昨年の酒田市の大火で焼けたが、作品は助かった。前に『小野幸吉画集』を作ったのもこの佐藤さんで、この人がいなかったら、小野幸吉の作品も、彼の記憶も、共に消滅する運命だったかもしれない。

造酒屋の小野家は焼け、酒の入ったタンクだけが残った。そのタンクから出した酒が遺作展の会場へ届いたのだった。火事でもうお燗はついているなどと言って冷で飲んだが、そのせいだけでなく、誰もが青春の思い出に酔った。小野幸吉を語りながら、みんな自分の青春を思い出すのだ。そのうちに、中間さんが桜井浜江さんをつかまえて「この子が」などと言い出す異様な雰囲気になってきて、五十年経つと死もまた甘いという感じであった。

（初出　一九七七年六月）

私は何か書き始めるつもりで原稿用紙に向って坐ると、とたんに、書こうと思ったこととは全く関係のないことを考えだしてしまい、そのために、書こうと思っていたことがどこかへ行ってしまうということがよくある。いまも、私はあるところから「現代美術のパイオニア」という題で三十枚の原稿を書く約束をさせられていて、おまけにその締切りが明後日だというのに、先程から、突然、原民喜（はらたみき）の死んだ日のことを思い出してしまい、あれは五月だったろうか、それとも四月だったろうか、いや三月かもしれない、と、そちらのほうが気になりだしているのである。年のほうも昭和二十六年だったかと思うがはっきりしない。調べれば判ることだが、いまのいまといっては手許に資料が何もない。ただ、その日、雑誌の「群像」の座談会が椿山荘（ちんざんそう）であって、その座談会が五月号か六月号に出たという記憶がある。そこから前後の事情を考えあわせてゆくと、どうやらその頃らしいということになる。

その座談会は「新しい中国の人間像」というテーマで、出席者は竹内好、佐々木基一、田村泰次郎と私の四人であった。なんとなく妙なとりあわせで、いまの私が考えるとますます妙だが、座談会が終ると佐々木基一氏は次の予定があるとかで先に帰り、田村泰次郎氏と竹内好氏と私との三人は、銀座の、田村さんの行きつけのジャポンというバーへ行き、竹内さんがそこからまたひとりで帰った。竹内さんは、そういう場所はなんとなく居心地がわるそうであった。そのあと、私は田村さんにくっついて歩いてもう二、三軒ハシゴをし、そのうちのどこかで花売りから買ったカーネーションを二人とも背広の襟のボタン穴にさしたりして、新宿まではタクシーに乗り、そこから国電で、西荻窪の田村さんの家へ帰った。当時、私は書き始めて四つ目までの小説が四つとも続けて文学賞の候補に上がり、そのうちの一つか二つは一流の雑誌に載ったりしたところで、それも田村さんの紹介によるのだったが、原稿料を貰うとそれを持って東京へ出てきて、それがあるあいだ田村さんの家に居候して、遊んで歩いていた。そんなふうに小説の怖さも苦労も知らず、ただなんとなくうかうか過ごしている私に向って、その電車の中で田村さんが、

「あなたもここ一年が勝負だな、文壇というところは出るときに決定的に出てしまわ

ないと出られないものですよ」

と、言った。

その翌朝、どこへ何をしに行くのだったかはもう忘れたが、私がひとりで田村邸を出て電車に乗り、なに気なく前の座席の男が読んでいる新聞をこちらから見ていると、不意に、新進作家原民喜氏自殺という見出しが眼に飛びこんできたのだった。私は有楽町で電車を降りると、まず新聞売場で新聞を買った。あの頃は新聞売の台の前に、人の気をひきそうなニュースを墨汁（ぼくじゅう）で走り書きした社名入りのビラが吊るしてあったものだが、その墨書きがまた、原民喜の自殺であった。

買った新聞をその場で読んで、私は、一種うしろめたいような、寒む気のするようないやな気持になった。記事によると、原民喜は前夜、十一時何十分かに西荻窪を出た下り電車に、その西荻窪を出てすぐのところで轢（ひ）かれて死んでいるのであるが、もしかするとその電車は、私たちが乗ってきて、西荻窪で降りた、あの電車かもしれない。もう電車がすくなくなっているあの時間では、その可能性は十分ある。もしそうだとすれば、私と田村さんがいいご機嫌で、襟に花なんか差して電車に乗っていたちょうどその頃、生きることをやめようと決意したひとりの誠実な作家が、自ら焼酎に意識を麻痺させて、西荻窪の先の、あの吉祥寺まで一直線にのびる線路の土手を這い上りつつあったのである。偶然のなんという残酷さだろう。おまけに、先に亡くなった原民喜夫人は、昨日いっしょに座談会に出ていた佐々木基一氏の妹だったはずだ。測りがたい因縁の不思議さに、私は戦慄した。

佐々木基一氏には、私は、前にも後にも、たった一度その座談会で会っただけだが、竹内好氏は、そのときもう識っていたような気がする。いつ、どこで竹内さんを識ったかはもう思い出せないが、ひょっとすると武田泰淳氏の紹介だったかもしれない。それとも、その逆だったかもしれないが、とにかく昭和二十五年頃、私は東京へ出てきた折に、天沼に住んでいた武田泰淳氏を訪ねたことがある。その前から武田氏とは文通していて、あるとき私が本多秋五氏を尊敬していると書いたら、本多秋五が好きとはわが意を得たりですと武田氏が書いてきたりしたことがあった。そういう手紙が大阪千代方という所書きできて、そのちょっと変った名前の家を私は訪ねて行ったのだった。

武田泰淳氏は空の金魚鉢を灰皿に使っていた。そして、私がふだん酒を飲まないというと、自分は酒を飲んでいるほうが原稿が書けるのだと言って、飲めない私を驚かせた。彼は、自分は丑年(うしどし)の生れだと言い、いま十二支のことを小説に書こうとしているところだと言うのだったが、初め私はそのジュウニシが判らず、訊き返したのを憶えている。一緒に新宿へ出て聚楽で食事をして別れたが、その別れ方で私はまた武田氏に感心してしまった。表へ出ると、武田氏は私に向って、軽く、じゃあと手を上げ、あとは振り向こうともしないでさっさと電車道を横切り、二幸側の歩道へ消えて行った。なんでもないようで、田舎の人間はああいう別れ方はできない。武田氏のその別れしなの呼吸のようなものに、私はまぎれもなく都会人を感じたのであった。

私は人を訪ねて行くということはしないほうで、武田氏を訪ねたのも、そのときが最初で最後である。武田氏に限らない。用もないのに遊びに行ったりするのが悪いような気がするのだ。昔から人になつかない。しかし、武田氏には一、二年後、私が東京へ移って来た当座は、会うだけはよく会った。中国文学研究会というのがあって、月に一回、有楽町あたりのどこかのビルの一室に集ったり、のちにはその場所がお茶の水の雑誌会館ときまっていたが、そこへ竹内好氏も武田泰淳氏も来たからである。私がなぜそんなところへ行くようになったかはよくわからないし、私なんか行ってもしようがないのだったが、小野忍氏がちょうど、あちらの誰か新しい作家の小説の翻訳をしていて、抗日戦中の華北の行政単位だの、共産軍の給与制度などで、小野氏が判らなくて困っていることを、私が教えてあげられるというようなことはあった。岡崎俊夫氏や、私の大好きな沈復の、『浮生六記』の翻訳者の松枝茂夫氏なんかも来ていた。いちどだけだが、堀田善衞氏と荒正人氏が揃って顔を見せたことがある。

考えてみると、あれはもう二十五、六年も前のことだ。そして、武田氏にも、その二十五年間に私はたったいちど、銀座裏の曲り角で出会頭(であいがしら)に顔を合わせたことがあるだけで、去年の秋、四国へ車で行く途中、静岡の先あたりだったと思うが、車のラジオで、いきなり武田泰淳氏の死を聞いたのだった。

竹内好氏も亡くなった。竹内さんの死は新聞で知ったが、葬式の当日は、私はどこか遠いところを車で走っていた。最近では木内克氏の葬式のときもそうで、私は信州へ行っていた。葬式ではないが「野口弥太郎を偲ぶ会」というのへも行けなかった。しかし、東京にいても、私はどの人の葬式にも行かなかったろう。生きているあいだも人を訪ねるのは億劫なように、私は葬式に行くのもひどく億劫なのだ。

だいいち、私は葬式に着て行くようなちゃんとした服を持っていない。それからまた、偉い人の葬式はいっぱい人が行くだろうから、私なんかのひとりくらい行かなくてもいいだろうと考える。そう考えて、鳥海青児氏の葬式のときも行かなかった。だが、そういうのはみんな言いわけにもならない言いわけで、要するに私は、ただなんとなく億劫なのである。葬式に人見知りをする。私は自分の葬式のことを考えると、そのために死ぬのがいやになるくらい、葬式が億劫なのだ。

葬式にも行かないし、私は墓詣りということもしない。ただひとつの例外は松井須磨子の墓で、これが墓詣りといえるかどうかはわからないが、牛込弁天町の、彼女の墓のある寺へは行くことがある。行くのはいつも春で、墓の背後に貧弱な桜が二、三本咲いていて、墓の正面に荷物を積みっぱなしにした近所の商店のライトバンが駐車していたりするが、その桜を見てから表通りに新潮社なんかのあるあたりの裏道を通り、九段のお社の花を見て、更に一口坂を降り、土手公園の桜のトンネルの下を市ヶ谷の駅まで歩くというのが、暇があればのことだが、年に一度の私の花見コースだからである。

松井須磨子はここから近い横寺町の芸術倶楽部に愛人の島村抱月と住んでいて、抱月が死んで二カ月後の命日に、そこの家の鴨居に緋縮緬のしごきを掛けて、自ら縊れて死んだ。長兄と坪内逍遙夫妻と伊原青々園のそれぞれに宛てて遺書を書き、抱月の墓に一緒に葬ってくださいと頼むのだが、聴いてもらえなかった。墓の前に立てばそういうことも思い出すが、しかし、それよりも、私は、あのカチューシャの歌で一世を風靡した名女優松井須磨子の墓が、彼女の本名の小林正子という、何の変哲もないありふれた女名前の墓であることに心を打たれる。いいなと思う。

ところで、葬式の話なんかやめて、何か絵のことを書くことにしよう。でないと、編集部でこの原稿を受けつけてもらえないかもしれない（註　この本の各章は毎月、号を逐って雑誌に掲載されたものであることを、読者はご承知いただきたい）。前回も、私は、小野幸吉のことを書きたいが紙数も残りすくないので、気のついたことをひとつだけ書く、などと言ってひとりで周章てているが、実際、「気まぐれ美術館」の原稿を渡すたびに、私はいつも、編集長から電話が掛ってきて、もうこれで連載はやめてくれと言われるのではないかと思うのである。それとも、もしかすると編集部は、毎回つまらぬ世迷い言ばかり並べて蜿蜒いつまでもやめそうもない私にはもうお手上げで、早く死んでくれないかと思っているかもしれない。だとすれば、私は紙数の残りなんか心配するよりも、残された自分の命数を心配したほうがいいのかもしれない。

やめると言った口の下、いま思い出したので、もうひとつだけ墓のことを書かせてもらいたい。墓というよりも骨壺のことであるが、志賀直哉氏は生前に自分の骨壺を、誰だったか、とにかく名のある陶工に作ってもらい、生きているあいだは、それを砂糖壺に使っておられたそうである。その話を私にしたのは、私と同じ同人雑誌の同人だったことのある広瀬進氏だが、広瀬さんの奥さんは新潟の沼垂のあるお寺の出だということで、話は志賀さんの骨壺のことから、更に、新潟では骨壺というものを使わず、墓穴の中へいきなり骨をあけてしまうのだという意外な話になって行った。

その話を聞いたとき、私は心中ひそかに狼狽(ろうばい)した。というのは、それは私が「気まぐれ美術館」の連載を始めたいまから四年前のことだが、その頃、私はひとりの新潟の女性と恋愛をしていて、出湯の私の山小屋のほとりに、私とその人との、ふたり一緒の小さな墓を作ることを空想していたからである。こう書いてきて、いまふと気がついたが、私の空想の発端はあの松井須磨子の墓だったかもしれない。島村抱月と私とではだいぶちがうが、それはそれとして、その女性との恋愛の始った最初の瞬間から、私は不思議と未来のことは何ひとつ思わず、その人と一緒に死ねたらとだけ思った。

そういうことにならなかったのは、「あなたって、どうしてこんなに恋しいの」と手紙に書いてきたりした彼女が、一年半ほど経ったある日、突然また、「あたし、なんだかしんとしてしまったのよ、煮え立ったお鍋に水を注(さ)したときのように、急にしんとしてしまったのよ」と言ってきたからであった。つまり私は一旦振られたわけだが、振られながら、自分の心の状態をこんなに正確に、しかもなんのためらいもなく言ってくる彼女に、更めて感心してしまうのであった。

ところで、広瀬さんが私に新潟の墓の話をしたのは、彼女との、その初めの一年半の状態のときであるが、ふたりでひとつの墓に入るといっても、彼女は新潟市のさる旧家の主婦で、彼女が死ねば、彼女の骨は当然その家の先祖代々の墓に納まるだろうから、そんなことができるはずがない。そこをなんとか、誰かに頼んでおいて、せめて小指の骨一本だけでもと思うのだが、もし彼女の家の墓が広瀬さんの言うような墓だったら、うっかりそこへザアッとあけられてしまってからでは、どれが彼女の骨かもう判らなくなる。それで私は周章てたのであった。

ここまで来てしまったのだから、墓のことでついでにもうひとつ。先日の、私の画廊での小野幸吉展のとき、酒田から、本間美術館の佐藤三郎氏が、彼の十五、六歳のときのものだというスケッチブックを三冊持って出てこられた。小野幸吉は中学を三年でやめ、その秋東京へ出るが、そのとき、それまでの自分の作品を町外れの、刈入れの終った乾いた田圃(たんぼ)に持ち出して、火をつけて焼いてしまったということで、その三冊のスケッチブックはたまたま友人の佐藤氏のところにあり、幸吉が忘れていたために残ったのであった。

そのスケッチブックの中に一枚、墓の絵があるのだ。写生でないことのはっきりしている即興のいたずら描きのようなもので、私は忘れてしまったが、丹心何とか居士という戒名も書きこまれていたりして、どうやらそれは彼自身のことらしい。十五歳の彼が、自分の墓を描いているのである。彼のように、まるで絵をかきに生まれてきたように絵をかいてかいて、しかも二十二歳（実際は満二十）で死んでしまうというような人間は、もしかすると自分の早世を予感しているのではないかという気がどうしてもする。彼の画集の中の、里見勝蔵氏の追悼文中の言い方を借りて言えば、まるで死に急いでいるような彼の絵の描きぶりは、死に急ぐというよりも、死に追い迫られて、死と競走しているように見えないこともない。

彼の中学時代というのが既に尋常でない。中学に入ると同時に絵をかきはじめるが、毎日絵ばっかりかいていて、雨でも降らなければ学校に出てこない。天気のよい日は、教室にはとてもじっとしていられなくて、何時間目だろうと構わず教室から姿を消してしまい、ついに先生たちも彼のことを「お客様」と呼んで特別扱いをした、と佐藤氏が思い出の中に書いている。

同じ佐藤氏の思い出の中で、彼が自宅の自分の部屋の何枚続きかの襖に関根正二の「信仰の悲しみ」を模写し、気味のわるいものをかくな、と母親に叱られたりしているところをみると、最初に彼を触発したのは関根だったのかもしれない。別の友人の思い出だと、小野幸吉はその友人のところで高間筆子の画集を見つけると、自分に貸せといって持って行ってしまい、絵をかきながら傍に置いて、絵が出て来ないと、エメラルドやバーミリオンに汚れたままの手でその画集の頁をめくるので、画集を絵具

小野幸吉「ランプのある静物」 1929
97.0×130.0　油彩（個人蔵　提供：本間美術館）

だらけにしてしまったということだ。また、続いて村山槐多の画集を持って行ったと思うと、翌日から、彼のパレットにはずらりと赤が並ぶのであった（「絵が出て来ない」というその友人の表現が素晴らしい）。

高間筆子という女性がまた尋常でない。小野幸吉が夢中になったというその『高間筆子詩画集』を私は持っているが、その画集の中の、彼女の兄の惣七氏の回想を見ると、彼女は絵がかきたくなるとぶるぶる躰が震えてきて、余所の家にいても黙って立ち上って絵をかきに帰ってきてしまうが、そういうときの彼女は急ぎ足につんのめるように歩くので、下駄の表に趾の跡が凹んでついていたということである。また、絵のかきたいときはいつでも昼間だと言って、夜中でも起き出して絵を描いていたというのだが、そういうところにも幸吉は共感したのだったかもしれない。その高間筆子も、確か二十二で死んでいる。

小野幸吉は死の前年の秋（とはいっても実際は死の三カ月前）、いちど酒田に帰り、ひと月ほど静養する予定で温海（あつみ）温泉へ行く。しかし、一週間とじっとしていられず、十一月末の寒い日に酒田から汽車に乗って、もう東京へ帰ってきてしまう。それから十二月に帝大病院の耳鼻科に入院するまでの短い間に、あの六十号の「ランプのある静物」を描いているのだ。時間はともかく、その気力には驚かずにいられない。温海温泉では、彼は熱が下らないといって酒を飲んで暴れ、二階からとび降りようとしたりしたらしい。

墓の絵のあるあのスケッチブックの中に、また、彼の自画像らしいものが二、三枚あるのだが、偶然かもしれないが、みんな鼻から下が破ってある。その中の一枚は、残った部分の余白に、俺の鼻がどうとかと書いて、やはりそこのところで破れてしまっていてあとが読めないのがあるが、小野幸吉が絶えず鼻血に悩まされていたという話を思い浮かべてそれを見ると、ここでもまた、彼の心の中に、鼻血についての何かが常にあったのではないかと思われてならない。

小野幸吉「中間冊夫の肖像」 1928
33.0×24.0　油彩（個人蔵　提供：本間美術館）

彼の画集に追憶を書いている人たちのうち、友人の大野五郎も中間冊夫も峰村リツ子も堀田清治も、更にまたその他の誰もが、申し合わせたように彼の鼻血のことを書いている。この鼻血の原因が何なのか、私などには見当もつかないが、ついにはひどい鼻血が二、三時間もとまらないという状態になって、初め耳鼻科に入院し、続いてその主因と見られる心臓の治療に内科へ移ることになったらしい。その鼻血とどういう関係があるのかこれまたわからないが、死の前になると、彼は口がきけなくなり、やがて眼も見えなくなって行く。

口のきけなくなった彼は、ベッドの

中で、付添いの肉親や見舞いの友人たちと筆談をした。それに使った便箋にこんな詩が残っていたそうである。

夜になると電燈の月が出る
ひるは
まどから
まどの雲にのって動きたい
毎日
カンゴフは白い着物だ
ベッドの中に消え入りそうだ
詩を書くと腹空けばいい
頭が半分しびれて口がきけなくなった何の為か
大先生は入道みたいだ
青い風呂敷かぶると
電燈は月みたい

詩の日付は十二月二十三日になっている。死んだのは約二週間後、昭和五年の一月八日である。

（初出　一九七七年七月）

銃について

私は一挺のコルト拳銃のことを書いておこうと思うのだが、そう思って「銃について」と題を書いたとたん、『銃について』という田村泰次郎氏の初期の短篇集があるのを思い出した。そこで、まずその本のことを先に書くが、田村さんのその本を、私は、昭和十六年の十二月に、北支山西省の潞安(ろあん)(ルーアン)という町の書店で買ったのだった。書店といっても新聞取次店のようなところで、当時潞安に日本人が何人くらいいたかしらないが、日本の新聞の取次店があり、その店は一方の壁が書棚になっていて、内地から来た本がついでに置いてあるという具合のようであった。その本棚も、本棚と判るのは、空っぽの棚のところどころに本が立ててあるので判るのだったが、そのいちばん上の段の隅に、どういうわけか、田村さんの『銃について』が五、六冊も、縄で縛って載せてあった。私は一括りのその本を全部買って、その旅のあいだ、行く先々の兵站旅館に一冊ずつ、本を読みたい人があったら貸してやるといいよと言って置いてきた。

なぜその本を買ったのかといえば、その本の、本としては異例のそういう置かれ方に対する義憤のようなものからであったかもしれない。そのときの私はまだ田村さんを識らず、田村泰次郎の名前は知っていても、その頃村雨退二郎という髷モノの流行作家がいたが、それは田村さんが大衆小説を書くときのペンネームだと、勝手に思いこんでいたりした状態だったのである。

その晩、私はその本を読んだ。のちに田村さんと識りあってから聞いたところによると、その本は田村さんが召集されて入隊したあと、田村さんの友人たちの手で一冊に纏められ、田村さんはでき上った本を戦地で受けとったということであったが、本の題名になっている「銃について」という短い小説が最初にあって、あとは新宿界隈の女が出てくる種類の話だったと思う。二等兵の襟章のついた軍服を着て、鉄帽をかぶり、正面を向いて腰を降ろした田村さんの写真が扉に入っていた。

「銃について」という小説は題だけ見ると兵隊モノのようだが、いわゆる兵隊モノとはちがう。もうよく憶えていないが、兵士になって初めて銃を持たされた人間が、この銃だけが自分を護ってくれる守本尊なのだと感じる、そういう感情が書いてあって、私はいい小説を読んだなと思った。そして、考えてみると、それがまた、私が田村泰次郎氏の小説を読む最初なのであった。

本の中身のことはもうよく憶えていないのに、本を読んだのが昭和十六年の十二月とはっきりしているのは、そのときの、太原から潞安へ行く汽車の中で、私は真珠湾奇襲攻撃のニュースを聞いたからである。実物の田村さんと識りあったのはその半年くらい後になるかもしれない。「銃について」の作者は同じ山西省の、陽泉という町にいたのだ。当時、私は太原の第一軍司令部に配属されていて、共産軍に対する調査の仕事のために市内に公館をもらい、いつもはそちらにいるのだったが、軍司令部へ連絡に来る陽泉の兵団の宣伝班の兵隊がよくそこへ遊びに寄って、初めはその兵隊から、兵団の宣伝班に田村泰次郎氏が伍長でいると聞いたのだった。

しかし、田村さんを直接識ったのがいつだったかは思い出せない。憶えているのは、ある日、南方へ報道班員で行っていたという大宅壮一氏と大鹿卓氏が、現地報告の講演のようなことで太原へ来て、その両氏に会いに陽泉から出てきた田村さんが、講演会のあと、二人を案内して私の公館へ来た日のことである。なぜその人たちを、田村さんは私のところへつれてきたのか。もしかすると、田村さんは私のところへ行けば舶来物の洋酒があるのを知っていて、それをこの遠来の客に振舞いたかったのかもしれない。だとすると、田村さんはもうそれまでにいちどは私の家に来ているはずだが、とにかく、私はこの三人の珍客に、当時としては貴重品のオールド　パー（ママ）か何かを飲ませたらしい。私は自分では飲まないのに、石家荘時代に親しくした中国人の雑貨舗の主人がいて、私が太原へ移ってからも折を見て届けてくれるので、そういうものが家にあるのだった。大宅氏は、ここでこんなものが飲めるとは、ちょっと驚いていたが、私も、ウイスキーを飲んだ大宅氏が、講演会では言えないようなかなり思い切ったことを言うのを聞いて、ちょっと驚いたのであった。

その後はときどき会ったが、たいていは私のほうから行って会ったと思う。田村さんの兵団は陽泉から楡次（ゆじ）へ移っていて、そこへは太原から汽車で一時間くらいであった。とはいっても、軍隊というところは、思いついたときにいつでも遊びに行けるというわけのものではない。ところが、田村さんの兵団の師団長は本郷中将といい、この師団長のことを、あとで田村さんは「将軍」という小説に書いているが、この人の弟の本郷という大佐（初め中佐）が北京の方面軍参謀部の二課長だった頃、私がその身近かにいたということがあって、本郷大佐はのちにガダルカナルで戦死したが、師団長は戦死した弟の大佐への懐しさもあるのだろう、何かと名目を作っては私を師団へ呼ぶのだった。師団からの名指しの要請で、軍司令部は私に楡次出張を命じ、私は行って、例えば見習士官の教育のために三十分ほど話をすると、あとは、師団長が私を会食の席へよぶとか、師団長の部屋でお茶を飲むとかということになるが、それが終るのをまた田村泰次郎伍長が待ち受けていて、私を楡次の町へつれ出す、という仕組みになっているのであった。

町へ出るといっても、行く先は女郎屋のようなところしかない。そこへ行って、女抜きで、汚いアンペラの上に坐りこみ、茶碗を借りて、持参の酒を飲んだ。田村さんは、軍司令部からのお客だといって酒保（しゅほ）［旧日本軍の兵営に設けられた売店・編者補記］で出させた一升瓶を抱えているのだ。私は殆ど飲めないから田村さんが殆どひとりで飲み、二、三軒まわるうちに瓶は概ね空になるのだったが、いま思い出しても、あんなに荒涼とした、しかもあんなに身に沁みる酒の風景は他にはない。楡次の宣伝班に素性も明らかでない、化物のような鹵獲品（ろかくひん）［戦場において相手から奪った装備品のこと・編者補記］の乗用車が一台あり、帰りはよくそれで駅まで送ってもらった。

いちばん最後の日のこともはっきり思い出す。兵団が移動するようだから、その前にいちど会いに来てくれ、という伝言が田村さんからあって、行った。帰りはまた田村さんが駅まで送ってきたが、汽車がホームのない場所に停っていて、私は地面から体操の鉄棒の要領で、半分逆様（さかさま）になってデッキに上った。高いデッキの上と下とで、私たちはさよならを言った。

そのときは、兵団の行き先は知らされていなかったが、石部隊という呼び名のその兵団は沖縄の守備隊になって行き、やがて全滅する運命だったのである。ただ、あとで聞いたが、部隊が移動中、開封（かいほう／カイフォン）に集結したとき、何人かの古参兵がそこで満期になり、その数人の中に田村さんも入っていたのだった。そうでなければ、当然、田村さんは沖縄で死んでいたにちがいない。その帰還組も京漢線で北京へ向う途中、保定（ほてい／パオディン）あたりで再びそこの部隊に編入され、終戦まで、その辺で戦争をやらされていたらしいが、しかし、とにかく、田村さんは生きて帰った。守本尊の銃が、最後まで田村さんを守ってくれたのだったかもしれない。

小銃ではないが、私も、戦争中ずっと身につけていた一挺（ちょう）の拳銃があった。もっとも、守本尊というほどの気持はなく、せいぜい気休め程度ではあったが……。銃を守本尊と感じる気持は、やはり田村さんが兵隊で、しかも歩兵であったからだろう。

私は、前にも書いたが、昭和十三年の秋、軍宣撫官（ぐんせんぶかん）というものになって北支へ行った。そして、宣撫班（せんぶはん）が一年あまり、特務機関にいた時代が約一年あって、その後は参謀部の対共産軍情報が仕事であった。初め北京の方面軍参謀部へ呼ばれて対共調査班に入り、やがて、隷下(れいか)の軍や兵団にも調査班を設置することになったとき、保定、石家荘(せっかそう／シージャヂュアン)と順次に私が調査班を作っていって、最後に山西省の太原に第一軍司令部の対共調査班を作ると、自分でそこへ腰を据えて、最後までそこにいた。昭和十九年の秋、教育召集で運城(うんじょう／ユンチョン)の輜重隊(しちょうたい)に入っていたときだけが本物の兵隊で、あとは軍属である。宣撫班時代は殆どが前線暮しだったが、本来は非戦闘員だから小銃は持たない。

その代り、拳銃は、それぞれの時代にいろいろの拳銃をあてがわれて、持っていた。宣撫班では、最初はモーゼル、次にブローニング。特務機関の情報部時代は、いろんな拳銃の操作になれるために、何でも使って練習をした。憲兵などの持っている十四年式という日本製の拳銃がいちばん使いやすく、よく当った。太原の公館にはブローニングが二挺と、二十連発のモーゼルが一挺備えてあったが、その他に、最初に書いた、私の愛用のコルトが一挺あった。

愛用といっても、実際に使ったことはいちどもない。ただ、新品の拳銃は二百発くらい撃ってからでないと弾丸が銃腔になじまないということが言われていて、公館の裏にアカシヤの茂った空地があったが、そこへ標的を作って、ときどき五発とか十発撃ってみるのだった。いったい拳銃というものは、私などが使うのでは、所詮(しょせん)石を投げるのと大差ない、ということが練習を積むうちにわかってくる始末で、だから気休めに過ぎないのであるが、それでもどこかへ出かけるときには、やっぱり身につけて行く。それも、どうせ気休めならブローニングでもよいはずだのに、私はブローニングは嫌で、どうしてもそのコルトでなければ気が済まないのであった。

つまり、私はその拳銃が好きだったのだ。その拳銃は入手のいきさつからして、他の官給品などとはちがうのであった。私はそれを、あの、方面軍参謀部の二課長だった本郷大佐に貰ったのだ。シンガポールが陥落したとき、戦利品のコルトの新品拳銃を何挺かずつ、各派遣軍や方面軍にまわしてきて、高級参謀以上の将校の希望者に頒けたことがあるらしいが、そのうちの一挺を本郷大佐が持っていた。それをまた、私がねだって、貰ったのである。いい形をしていた。手にとると、ブローニングみたいにゴロゴロした感じではなく、掌の中へ沈んでくるような快い重味があった。灼きこんだ鉄の肌が透明がかった深い色をしており、銃把は肉色のチーク材で、表面に網目のような彫りがあり、更に、二本の矢をくわえて後脚で立ち上った馬を浮彫りにした小さな銀のメダルが、その上部に打ちこんである。私は、どうかするとその拳銃を机の上に置いて、ほれぼれと眺めていることがあった。本郷大佐がガダルカナルで戦死したと聞いてからは、大佐のだいじな形見でもあった。

終戦になり、武装解除が行われると、部隊の員数以外の兵器は領事館へ差し出すことになって、私は公館の三挺の拳銃を領事館へ渡したが、コルトだけは弾薬二箱といっしょに油紙に何重にも包み、壁の中を通る煙突の中へ、針金で吊して匿した。戦争は終っても、いつ日本へ帰れるようになるかは判らない。最後の最後まで、これは持っていようと思った。

終戦直後の太原には特殊な政治的事情があって、日本人の引揚げは容易に見通しがつかないばかりか、天津や北京のように比較的海岸線に近い都市から、逆に、奥地のこの太原へ流れこんでくる日本人がすくなくなかった。この省都へ戻ってきた国民党の閻錫山政府が、敗戦日本軍の復員者で日本人部隊の編成を目論む一方、省の再建のために日本人技術者をひとりでも多く残そうとして、日本人優遇を宣伝したため、技術者でも何でもない日本人までが多数集ってきたのである。平野零児というユーモア作家が、突然私を訪ねてきたりした。

私も残留組の一人と見られていたわけだが、私の場合には、また、私の特別の事情があった。日本軍にとっては戦争は終ったが、閻錫山を含めて、国民党軍にとっては戦争はこれからなのだ。八路軍（共産軍）との死闘を目前に控えて、彼等は急いで対共戦の態勢を整えようとしていた。重慶の国民政府当局から太原の日本軍司令部へ、私の公館を閻錫山部へ引き継ぐように命令が来て、半年あまりの短い間ではあったが、私は国民革命軍第二戦区（閻錫山部）政治部下将参議という厳めしい肩書をもらっていたのである。

政治部の主任は梁化之という中将で、この人が私の直属上官であったが、この人は悲劇の人だったと私は思う。中国革命史上に有名な北京の学生運動、五・四運動のかつての指導者のひとりであるが、当時の指導者たちがいずれも周辺の共産軍や党の幹部になっているのに、この人だけが出身地の山西軍の中にいて、昔の同志たちと戦う運命に置かれているのだ。

その山西軍の中でも、この人は孤立していた。閥閥で固めた閻錫山の幕僚や軍団長の中で、彼だけが異分子であった。しかし、戦区の若い層の間では人気があり、若者たちは戦区の未来への希望をこの人ひとりにかけていた。小柄で、温容で、握手すると手が柔らかであった。

私は政治部では何もせず、いちども出勤せず、この上官に対しては辞職の申し出をするだけであったが、彼は、はじめ待遇に不満があると思ったようで、上校（大佐）だった私の階級を、申請して下将（少将）に昇級させたりするのだった。しまいに、私は彼を怒らせるのを覚悟の上で、自分は日本人だから、日本軍の情報の仕事なども やっていたが、貴下の戦区と心中する義理はない、戦区の実情を見ると、これで共産軍に勝てるとは思えない、あなただってわかっているはずだ、と言ったが、彼は怒りはしなかった。代りに、黙って私の辞表を受取ってくれた。

私は太原からの引揚げの最後の便で帰った。帰るとき、私は煙突の穴の中からコルトの拳銃をとり出して、この人に餞別に送った。

その後何年目だったろう。私は横浜の三渓園で平野零児に逢ったのだ。終戦後の太原で一度か二度会っただけだと思うのに、どちらも顔を憶えていた。平野氏は太原が陥落したあと、八路軍の捕虜になり、ずっと抑留されていて、最近帰ってきたばかりだということであった。

そのとき平野氏から聞いたのだが、太原が危うくなると、閻錫山と彼の軍団長たちは逸早く飛行機で脱出して、台湾へ逃げたらしい。幕僚の中では梁化之だけが残った。いちばん勇敢に戦ったのは日本人部隊だったということだが、聞いてみると、かつての私の知人だった参謀や将校たち、下士官などの大方がその戦闘で死んでいた。

八路軍が城壁を越え、城門が突破されると、梁化之は自分の公館（私も知っているが、彼は日本軍の憲兵隊が使っていた家屋に住んでいた）の自室に腹心の部下をひとりずつ呼び入れて拳銃で射殺し、最後に自分の細君を同様に拳銃で射殺してから、自身はダイナマイトで爆死した。旧日本軍の軍医が検屍に当り、平野氏が同行したが、梁化之の屍体は肉片になって飛散していて手の付けようがない。仕方なく、現場に残っていた、彼の使用したと思われる拳銃で確認したのだという。

拳銃と聞いて、私は息を呑んだ。私が形見に贈ったあのコルトを思い出したからである。

陰惨な話になってしまって、とても絵のことなど書く気分ではなくなってしまったが、実は、この拳銃のことを書く気になったのは、加藤太郎の銃の版画を見たからである。銀座のかんらん舎で先日、加藤太郎の遺作展があり、そのとき並んだ「オブジェ」という一連の木版画の小品の中に銃があった。銃は二枚あった。

もっとも、加藤太郎の銃は軍用の銃ではない。猟銃かもしれない。それとも実在しない、架空の、彼のイメージの中の銃かもしれない。華奢（きゃしゃ）で、飾りが多く、典雅である。この銃把についた、細かい縦横十文字の刻み目が、私にあのコルトの拳銃を思い出させたのだったが、そして、私もちょっと、この加藤太郎の銃のように、版画ではないが私の文章で、あのコルトをかいてみたかったのだが（私の柄ではなかった）、それにしても、銃というもののイメージは、場合によって、なんと大きく変るものだろう。彼の銃には硝煙（しょうえん）の匂いなどはしない。むしろ、ランプの中へ落ちこんだ蝶や、口

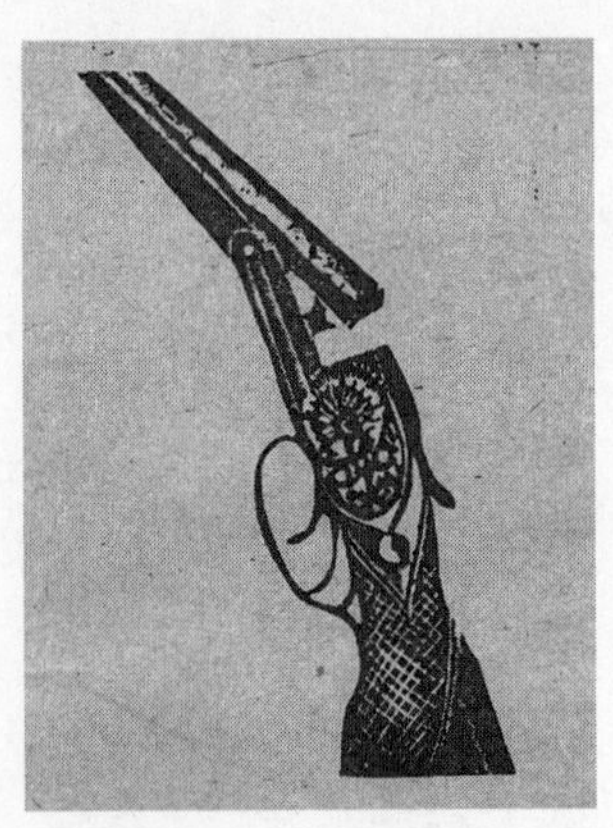

加藤太郎「JEU D'OBJET1 銃」
1945　11.5×11.8　木版
(東京都現代美術館蔵　提供：東京都現代美術館 / DNPartcom)

を閉じた貝殻や、切子グラスのコップなどといっしょに、なにかひっそりした、ひそかな気配の中へ沈んで、同じ呼吸をしている。

加藤太郎は軍用の銃を知らなかったわけではない。まさにその反対で、彼は美術学校を卒業した翌年、昭和十四年に現役召集で入隊し、十六年にいちど除隊するが、十七年に再度召集され、十九年に病気で帰還するまで、前後五年に亙って軍隊生活をしている。兵科は騎兵で、戦車兵だった。「オブジェ」は、そのあと、彼が終戦を目前に控えた昭和二十年の六月に結核で死ぬまでの間の、それも、主に病床での作品である。

しかし、だからこそ、彼は、軍用の銃などを描こうとはしなかったのかもしれない。彼は戦争には背を向けて、あるいは、自分で描いた貝のように、心の固い殻ではっきり戦争を拒否して、あの一種言いようのない絶縁された小さな宇宙を、自分の裡(うち)に育てていたのではないだろうか。

もっとも、彼の気持の中では、そんな気張ったものではなかったろう。軍隊にいるときも、隙(すき)さえあれば、あり合わせの粗末な紙に鉛筆で、梅干の種だの、更にそれを割ってみたところだの、魚の骨だの、大豆だの、要するに小さなオブジェの類を、手当り次第に何でも描いていたそうで、それがまた何百枚もあったというのだ。軍隊生活の中でも、彼は全く別の世界に生きていたのである。

その、靉光と並ぶ双璧、と知友の間で言われたらしい素描を、今日、見ることができない。それだけでなく、油絵の作品も、ひとつも見られない。彼の死の直前、ひと月前に、世田谷代田にあった彼のアトリエが戦災で焼けて、そのとき既に作品の大半が焼失した。それでも、終戦の翌年、昭和二十一年の美術文化展にはその軍隊で描いた素描が特別陳列されているし、その年の第一回版画アンデパンダン展、二十五年に神田の竹見屋画廊で開かれた遺作展、同じ年の、読売新聞社主催の「夭折(ようせつ)の画家たち」展などには版画と、ときには若干の油絵も陳列されているのに、その版画作品さえ、こんどのかんらん舎の展覧会に並んだのが現在残っているものの全部だというのは、昭和四十五年に彼の遺宅がアパートか何かに改築されるとき、古い建物が、その中にあった彼の遺作もろともブルドーザーで押し潰され、焼き捨てられてしまったからである。彼の家では、彼の死んだあと、二人の弟がやはり結核で死んでいて、伝染を恐れた家族がそういう処置をしたらしい。

なんだか呆然とするような話だが、そう聞いてあらためて彼の作品を見ると、気のせいもあろうが、どことなく死のイメージが漾(ただよ)っているようでもある。やはり加藤太郎らしい、典雅なイメージではあるが……。

（初出　一九七八年七月）

セザンヌの塗り残し

なにかの拍子にふと心に浮んで、このことはあとでゆっくり考えてみなければと思いながら、その場限りで、すぐ忘れてしまうのが私の悪いクセだから、そう思ったらすぐ、どこかへ書いておくといいのだ。ここでも、初めに、ひとつ、その種のことを書いておく。

十一月の初めの数日、私は高松市に行っていた。三日から二十五日まで、香川県文化会館で、「絵のなかの散歩」というタイトルで私のコレクションの展覧会が開かれることになり、その展示やなんかを手伝いに行き、一日に行って四日まで高松にいたが、展示を終った作品をひとりで見て歩いていて、気付いたことがあった。

東京から一緒に行った田中の岑ちゃんが、その私を見ていて、絵を見ている私の姿が実に淋しそうだとあとで言ったが、そうかもしれない。淋しそうというのは岑さんの感じようだが、たしかに、私は、ある物思いに耽けっていたのである。私のコレクションは、世間で名作といわれるものを集めたのでもなければ、各時代の巨匠・大家といわれる作者の作品を集めたのでもない。金のない私にそんなことができるわけがない。できもしないことをやる気も初めからなかった。それでも現実にこうしてコレクションらしいものが生まれたのは、二十年あまり絵の商売をやっていて、その間に、どうしても手離したくないものを手許に残していったからであるが、その、どうしても手離したくない気持というものは何だろうかと、一枚一枚の作品を見ながら、更めてそれを考えていたのである。

そして気が付いたのだ。そういう絵は、絵としていい絵だと私が思ったという、それだけではない。これをどう言ったらいいか。つまり、いうなれば、私はその絵を私の人生の一瞬と見立てて、その絵を持つことによってその時間を生きてみようとした、そういうことなのである。こう書いただけでは人は何のことかわかるまい。自分でも何を言っているのかわからない。だから、そのことを、時間をかけて、あとでゆっくり考えてみようと、そのとき思ったのである。

高松から帰って二、三日後に、私はクラさんに会い、はじめにビヤホールでビールを、次にコーヒー屋でコーヒーを飲んだ。クラさんを紹介すると長くなるから、いまは、ここ数年安井賞展に続けて出品している若手の画家というだけにしておこう。そのクラさんが、コーヒー屋を出てから有楽町の駅まで歩く途中で、私にこう言った。

「この前の、セザンヌの塗り残しの話、面白かったですね」

「僕が言ったの？　何を言ったっけ」

　いつも口から出まかせに思い付きを喋っては忘れてしまう私は、すぐには思い出せなかったが、言われて思い出した。セザンヌの画面の塗り残しは、あれはいろいろと理窟をつけてむつかしく考えられているけれども、ほんとうは、セザンヌが、そこをどうしたらいいかわからなくて、塗らないままで残しておいたのではないか、というようなことを言ったような気がする。

　そして、言ったとすれば、こういうふうに言ったはずだ。つまり、セザンヌが凡庸な画家だったら、いい加減に辻褄を合わせて、苦もなくそこを塗り潰してしまったろう。凡庸な絵かきというものは、批評家も同じだが、辻褄を合わせることだけに気を取られていて、辻褄を合わせようとして嘘をつく。それをしなかった、というよりもできなかったということが、セザンヌの非凡の最小限の証明なんだ。

　というふうに言ったと思うのは、実は、この頃私は、しきりに、辻褄を合わせようとする嘘ということを考えるからである。嘘というもののこの性格は、日常生活でも芸術の世界でも同じだが、芸術では致命的なのではあるまいか。これも私の、十分に時間をかけて考えてみなければならないことのひとつだ。しかし、クラさんに言われて思い出すようでは心細い。

私はまた、この頃、眼の修練ということを考えている。絵から何かを感じるということと、絵が見えるということとは違う。これまた、これだけでは到底わかってもらえそうもないが、私が身にしみて感じる実感なのだ。先刻の田中の岑ちゃんが、いつか私の画廊で、冗談ではあったが、私を指して傍の人に「こいつは絵がわからないから」と言ったとき、私はつい肚を立てるのを忘れて、ほんとにそうだなと思った。

絵から何かを感じるのに別に修練は要らないが、絵を見るのには修練が要る。眼を鍛えなければならないのだ。この頃になってやっと、私はそれに気が付いた。では、眼を鍛えるとはどうすることか。私の場合、それは、眼を頭から切り離すことだと思う。批評家に借りた眼鏡を捨てて、だいぶ乱視が進んでいるとはいえ、思い切って自分の裸の眼を使うこと。考えずに見ることに徹すること。まずそこから始めるのだ。

こんなことをこの調子で書いていてはきりがない。読まされる読者も退屈だろうが、それよりも先に、書いている私のほうが退屈してしまった。おまけに、こんなふうに書いていると、原稿を書いているのが自分でないような変な気分になってきたので、今日は三の酉(とり)だったのを幸い、ここまで書いて、実は、先程ちょっと、浅草のお酉さまに行ってきたのである。そして、三の輪通りの国際劇場の前を歩いていて、以前、原精一氏の家がこの裏あたりだったことを思い出し、その原さんがお酉さまの晩に、吉原で、初めて青山二郎に会ったという話を思い出したので、そのことを書く。

原さんはこの夏、胃潰瘍の手術をしてしばらく入院していたが、その話は、その入院より前、ある晩、原さんが私の画廊へきたときしたのである。その晩は金子徳衛さんも来合せていた。

「頭のいい奴の絵なんて、どうせしれてるよ、その点、金子さんなんかはまだ救われている」

と、原さんが言ったので大笑いだった。ついでに書いておくが、青山二郎のことをジーちゃん、ジーちゃんと人が言うのを、私はいつも爺(じい)ちゃんのつもりで聞いていたのだが、それが爺ちゃんではなく、二郎の二(ジ)イちゃんだということを、このとき原さんから教えてもらった。青山二郎という人についての私の知識は、まあその程度である。

ところで、原さんが初めて青山二郎に会ったお酉さまの晩が、何年前か、何十年前のお酉さまかはしらないが、青山二郎が奥さんを連れてお酉さまにきて、吉原で飲みはじめると、奥さんが、原精一という絵かきがたしかこの近くだと言い、それではその絵かきを呼んでこいと、青山二郎がタクシーの運転手に命じたのだ。すると、

「原精一？　そりゃ軍隊のときのオレの班長だ、よおし」

と、その運転手が自分の車で原さんの家を探してまわり、原班長ッ、何とかでありますと家に入ってきて、

「班長を呼んでこいと言われてきました」

と、原さんに言った。

「いったい誰だ」

「さあ、何だかしらねえが、とにかく威張った、変なじじいですよ」

まあ行ってみようというので行くと青山二郎がいて、

「オレは青山二郎だ、お前と友達になってやる」

と言う。すると、その場の成行き（なりゆ）きを見ていた運転手が、

「うちの班長をいじめるとオレが承知しねえ」

と言って、青山二郎の傍へぴたりとくっついて坐りこみ、それからは二人のやりと

りのあちこちで、「うちの班長をいじめるとオレが承知しねえ」の繰返しになった。最後に青山二郎が原さんに、

「お前はいい戦友を持っているなあ」

と言った、というのである。

その後、原さんはときどき青山二郎に会うようになったらしいが、原さんに言わせると、いわゆる青山学校の連中にはひとつ悪い癖があって、弱い者いじめをする、というのである。弱い者というのは自分より学問、才能などの劣ると見る者の意味で、お前はダメだとか、これほど言われても口惜しくないのかとか、口惜しかったら泣けとか、そういうことを言う、というのだ。

青山学校というのは、私などは、名前だけは聞いていても実体を知らないが、小林秀雄とか河上徹太郎とか中原中也、三好達治、今日出海、大岡昇平、白洲正子、その他有名無名の、青山二郎のまわりに集まっていた人達のグループを指していうので、いずれも狷介不羈、噂によればみんな負けず嫌いで喧嘩腰の人達のようだから、それがその人達の気風だったかもしれない。弱い者いじめというが、お互の間でもそうだったのではないか。

ある晩、原さんが銀座のあるバーへ入ってゆくと、青山二郎が白洲正子さんともう

ひとり、青山学校の生徒をつれて飲んでいた。

「やあ、ジーちゃん」

原さんもそこへ行って仲間入りしたが、しばらくすると、もう死んだ人間だから名前は言わないがと原さんのいうそのもう一人が、

「お前の絵はダメだよ」

と、原さんに向って言いだした。

「そういうお前はオレの絵を見たことがあるのか」

「ない、ないが、見ないでもわかる」

「見ないでどうしてわかる」

「お前は蟹だよ、手ばかり大きくて頭がカラッポだ」

これには参ったよ、と原さんは私に言う。だが、原さんも引っこんではいなかった。

「ダメとか、ダメでねえとかは、オレの絵を見てから言え」

「よし、こんど見てやろう」

「見てやろうじゃない、見せていただきますだ」

私たち、つまり原さんからこの話を聞いている私たちは、また大いに笑ったが、初めに書いたように、最近の私の持論からいえば、蟹だと言われたのは必ずしも悪口だ

とはいえない。そこで、私は原さんに言った。

「蟹ってのは、絵かきとしてはむしろ最大級の讃辞じゃないの」

「だけどおめえ、頭がカラッポなんだぜ」

そう言って、こんどは原さんも一緒になって笑いだした。


お西さまの前の数日は、私は長野にいた。長野のロートレック画廊へ車で絵を運んで行き、二泊の予定だったのが、帰る日になって連休の休日にぶつかり、ガソリンスタンドが休んでしまったため、うっかりガソリンを入れ忘れていた私は動きがとれなくなって、長野で足止めを食ってしまったのだ。

長野（市）だけにいたわけではない。二日目はロートレックの山口さんと二人で小布施（おぶせ）へ行き、そこから宮沢四郎氏も一緒になって、甘精堂主人の桜井さんの車で湯田中（ゆだなか）へ行った。ほぼいつもの行程といつもの顔触れで、私だけが湯田中に泊まり、あとの三人はその夜のうちに帰ったが、この顔触れで湯田中へくると、必ず、いちどは青山二郎の話が出る。というのも、毎年志賀高原に雪が来ると青山二郎が夫人同伴で現れ、三日に一度は山を降りてきて、この湯本旅館へ、宮沢さんと桜井さんを呼び出したからである。それが二十年も続いた。

呼び出して何をするかというと、別に何もしない。いつも芸者を五、六人も呼ぶが、これも唄をうたわせるでもなく、三味をひかせるでもなく、一方で青山夫妻と桜井さんたち、それに志賀高原のホテルからお伴をしてきたホテルの支配人などが卓を囲んで飲んでいると、芸者たちは芸者たちで炬燵に集まって、勝手に彼女達のお喋りに耽けっているという具合だ。二十年の間には、その呼び出される場所が料亭だったり、バーになったり、ちゃんこ鍋の小料理屋になったりしたが、とりとめもなく、贅沢な、その遊びに変りはなかった。無論、勘定は全部ジーちゃん持ち。懐にはいつも百万円くらいの札束が入っていた。

とはいえ三日にあげず、しかも冬じゅう続けて呼び出されてはたまるまい。宮沢さんと桜井さんはつれ立って出掛けるとき、

「おい、今夜こそ早く帰ろうぜ」

と言って出るのだが、たいてい午前様になる。しまいに桜井さんは奥さんから、十一時を過ぎると、一時間につき千円の罰金を取られることになった。それでも、夜になって、ジーちゃんの電話が掛ってくる頃になると、そわそわして落着けない。そして、春が来てジーちゃんが志賀高原を去ると、あと一週間くらいは、なんとなく調子が狂ってしまって、ボケーッとして、却って仕事に手がつかないのだった。

桜井さんの話だと、青山二郎が志賀高原へ来るのは、毎年大晦日だったそうである。桜井さんの家では夜の十時頃、一年の仕事をすべて終えて、茶の間に家族が集まり、年越しの一家団欒が始まろうとしている。そこへきまってジーちゃんの電話が掛ってくる。否も応もない。奥さんの嶮しい顔を後にして、桜井さんは出掛けなければならない。

「青山二郎みたいな人間は女房の理解を超えていますからね」

と、桜井さんは言うのだが、あに奥さんのみならんや。われわれ常人すべての理解を超えている。

「いったい、青山二郎って何者なんだろう」

というのが、さんざん青山二郎の話をしたあげく、最後に、いつも私たちが嘆息まじりに洩らす声である。おそらく、その、何者でもないところが青山二郎という人物なのだろう。そうとしか言いようがない。

宮沢さんと桜井さんとは、よく青山二郎にひっぱられて、越後の高田あたりまで、骨董屋まわりをして歩いたらしい。小林秀雄に骨董の手ほどきをした、当代の目利きといわれるこの人から、だから、二人は骨董を見る眼を学んだのにちがいない。その意味では二人とも青山学校の生徒である。

桜井さんは志賀高原へ行って、ジーちゃん夫妻とスキーをすることがあった。とはいっても、ジーちゃんはスキーはできない。日本に何台もないという雪上自転車を持っていて、それに乗ってスロープを降りてくる。雪上自転車というのは、簡単にいえば自転車の車輪の代りに、二本のスキーを前後に取付けたものだが、乗るのは案外簡単でない。スキーはベテランの桜井さんでもなかなかうまくいかなかった。それを担(にな)いでリフトに乗るのもコツがある。桜井さんが担いでみようとすると、ジーちゃんが、ここをこう持って重心をここへかけて、というふうに教えてくれる。青山二郎という人は、万事、そういうコツのようなものを摑(つか)むのがうまいし、それを人に教えるのが好きだった、と桜井さんは言う。

では、私にとって青山二郎とは何だったか。桜井さんたちとちがって、私は青山二郎という人に会ったことがない。私が湯田中へ来るようになった、その前の年あたりが、ジーちゃんが志賀高原へ来た最後だったらしい。それから二年ほどしてジーちゃんは死んでいる。私はまた、その人の書いたものをひとつも読んでいない。それでいて、昔からその人に、ある信仰のようなものを持っている。ひそかに畏(おそ)れ、憧(あこが)れている。

私が青山二郎の名を知ったのはいつ頃だろうか。たぶん、それは昭和十一、二年頃、

青山二郎の装幀
中原中也『在りし日の歌』(1938、創元社)

私が四国の田舎にいて仲間の文学青年たちと同人雑誌をやり始めたり、小林秀雄の『文芸評論』や中原中也の『在りし日の歌』で文学というものに眼を開かれたような気がして、夜昼の別なく興奮していた頃だ。その二冊の本の装幀(そうてい)がどちらも青山二郎だった。ジイド全集もたしかそうだった。昭和十三年に軍の宣撫官(せんぶかん)になって北支の戦地へ行くとき、私は柳瀬正夢(やなせまさむ)の画集と、永井荷風の訳詩集『珊瑚集』と、小林秀雄訳のアランの『精神と情熱とに関する八十一章』との三冊を持って行ったが、そのアランの本がやはり青山二郎の装幀だった。だからといって、青山二郎を装幀家と思っていたわけではない。装幀もやる誰かという感じ。その感じに狂いはなかったわけだが、強いていえば、それらの本が私の青春の基調になったとすれば、その思想の匂いの如きものだった。

青山二郎とは何者か、は、勿論その頃は知らなかったし、いまもわからない。従ってその青山二郎に対する私のひそかな畏れと、同時に憧れとがどこから来るのかもわからないが、こう書いてきて、思い当ることがひとつある。

いまさっき書いた、私が田舎で同人雑誌をやりだした頃のことだが、その仲間を仮に土着派とすれば、一方に、同じ年頃で東京や京都の大学に行っている学生派とでもいうべき一派がいて、夏休みなどで帰ってくると、よく私達と議論したが、明大へ行っている青井照雄というのが、あるとき、私に、小林秀雄のドストエフスキーの講義の模様を話して聞かせた。講義が終って、

「質問は？」

と言われても、教室は水を打ったように静まり返って、誰ひとり声を立てる者がない。壇上では小林秀雄が懐中時計を出して見て、やがて、鎖の端を手に持つと、円を描いて、分銅のようにクルクルと時計を宙に舞わせはじめた。暗くなりかかった教室の中で、その時計が、窓からさす午後の弱い光を反射して、キラリ、キラリ、と光る。

——これがその友人の話だが、この話はショックだった。いまも忘れられない。

ショックだったのは、自分には金輪際そんな真似はできない、と思ったからである。そんなことをしては時計が狂う。もし鎖が手から抜けたら、時計は飛んで行って、何かに当って壊れるだろう。そういう気遣いがオレの手を押さえて、そんなことを絶対にさせはすまい。だが、オレの何というケチさ。このケチがオレの本性なら、オレは決して小林秀雄の世界に入ることはできないだろう。そういうケチ臭い分別を一方に持ちながら、ほんとうに物を見る自由な眼を持てるはずがない。そう思って、私は自分のケチに絶望したのであった。

ところで、思うにこのときの絶望が、その後、朧気ながら小林秀雄と青山二郎のつながりを知ってくるにつれて、青山二郎への畏怖に変っていったのではあるまいか。仮にジーちゃんが生きていたとしても、私は到底青山学校の生徒にはなれそうもない。

（初出　一九八〇年一月）

フィレンツェの石

初めに、忘れないように、石膏デッサンのことを書いておこう。石膏デッサンというのは美術学校の入学試験に出るあれ。出るどころじゃない。芸大になってからは知らないが、昔の、美校時代の西洋画（油絵）科の入学試験は、学課はなくてあれだけだった。だから美術学校へ入るためには、たとえば川端画学校のような研究所へ通って、経験者ならおなじみのカラカラだの、ブルータスだの、ミケランジェロのダビデの顔だけを抜いた通称ミケランジェロだの（これは初心者向）、モリエールだの、ラオコーンだのの石膏像のデッサンをやる。試験に落ちるとまた一年、そこで、朝から晩まで石膏ばかり描いている。また落ちるとまた一年。三年も四年もやっていると神業みたいにうまくなり、こんどは、あんまりうまくなり過ぎて試験に通らなくなったりしたものである。

私は建築科だったから、デッサンだけでなく学課の試験もあったが、それでも重点はデッサンで、他の学課はつけたりのようなものであった。だからこそ、私は、数学は五問のうち二問できなかったりしたのに入れたのである。競争率が低かったのだろうなどと想像してもらっては困る。私が入ったのは昭和五年だが、当時、美術学校建築科は東大などよりもきびしく、二十何人に一人だった。しかし、だからといって、それなら私がデッサンの名手だったかというと、勿論(もちろん)そんなことはない。ただ、私はもともと油絵科志望だったので、中学の四年生のときから、夏休には、四国の田舎から東京へ出てきて、さっき言った川端研究所で石膏デッサンをした。夏休だけでなく、冬休にも出てきた年もある。そういうことをしたのは、建築科の受験生のうちでは私だけだったのだ。

そういうわけで、それから五十年たっても、私には、デッサンの基本は石膏デッサンだという、牢固(ろうこ)たる信念のようなものがあった。ところが、それが偏見だということに、最近になってやっと気が付いたのである。最近も最近、つい半月程前のことだ。パリのボザールに七年いて、この春帰ってきた中島千剛(なかしまちたか)君が、半月程前私を訪ねてきて、銀座の一杯飲み屋でお酒を飲んだとき、談たまたま石膏デッサンに及ぶと、自分もパリへ行く前私立のある美大にいて、そこへ入るとき石膏デッサンで入学試験を受

中島千剛「夏の砦」 1976
117.0×73.0　油彩（個人蔵）

けた覚えのある中島君は、あんなもので最初に生徒を選り分けるなんてムチャクチャだ、パリでもローマでも、石膏デッサンなどというものは見たことも、聞いたこともない、かつてやったという話も聞かない、ああいう、出来合いの彫刻を型に抜き、それから更に型を抜いてスベスベになったようなものを見て（描いて）何になりますか、と言うのであった。

中島君は抽象画家である。だから石膏デッサンなぞは必要ない、というのではない。ボザールでもデッサンは勿論やるが生きた人体でやる。そのうえに解剖（かいぼう）学を徹底してやる。その解剖学もいわゆる芸用解剖学というようなものではなく、教科書に専門の医学書を使った。ルネッサンスの巨匠たちの描いた人間は、あれはもう単に見て描いたというようなものではない。彼等は人体の構造と機能を詳細に知りつくしており、しかも、その知識は実際の腑分けを見て、眼で得た知識なのだ。彼等は人間がどういう動作をするときには何がどうなるかをことごとく知っていて、従ってどんなものでも描けるのだ、と中島君は言う。

こういう話はお酒を飲みながらの話だということをご承知おき願いたい。ということは、中島君の話がたいそう威勢がいいという意味ではなく、聞き手の私の聞きようがアルコールを透して屈折しているということである。中島君の話がこのとおりだったかどうか、保証の限りではないが、私がそんなふうに聞いたのだ。そして、そんなふうに聞いているうちに、いまいったように、石膏デッサンというものについてのこれまでの私の考えが偏見であることを私は思い知ったのだ。では、どう思い知ったのか。簡単にはいえないが、強いていえば、石膏デッサンでは外面的な描写力は養えても、表現力は養えないということ、しかも、デッサンの意義は表現力の獲得ではなかったか、ということである。気が付いてみればまさしくそうなのだ。

私は、こいつはひとつ、日本の石膏デッサンの歴史と由来を調べてみる必要があるなと思った。もしかすると、それは日本の美術史の、これまで見逃されていただいじなテーマであるかもしれない。私は建築科へ入ってからも、一年間は石膏デッサンをやらされた。そのときの先生は、黒田清輝と一緒にパリにいて、一緒に帰ってきた久米桂一郎氏で、助教授が西田正秋氏であった。久米さんは亡くなったが、幸い、西田先生は健在でいられる。美校の生字引（いきじびき）で解剖の権威でもある西田先生に訊（き）けば、いろいろ教えていただけるだろう。いちどお訪ねしなければならない。この稿の最初に、「忘れないように」と書いたのはそのことである。

表現ということを私が更（あらた）めて考えたのも、その晩、中島君から次のような話を聞いたからだろう。中島君はボザール（正確にはエコール・ナショナル・シュウペリウル・デ・ボザール・ド・パリ）のギュスターヴ・サンジェの教室（アトリエ）にいたのだが、ある暑い日、咽の乾いた中島君はボザールの近くの、いつも若い芸術家の溜り場になっているカフェ・デ・ボザールへ入って行った。すると、いちばん奥のテーブルで、ヴァン・ド・ターブルで赤い顔をしたサンジェが、興奮でその顔をいっそう赤くして、額の上に白髪を振り乱しながら、同じような恰好の彫刻家のセザールと、夢中になって何か論争していた。

セザールは中島君に気がつくと、手招きして、自分の傍（そば）に坐らせておいて、また論争に入りこんだ。途中から聞く中島君には、論争の主旨はよくわからない。ただ、どちらももう六十歳をとうに越した老人で、しかも、どちらも著名な芸術家であるこの二人が、こんなところで、こんなふうに、あたり構わぬ論争を繰り広げている姿に驚かずにはいられなかった。そして、サンジェが、

「サロン・ド・メエもつまらなくなったものだ」

と言うなり、そこらにあった一枚の厚紙を大きな手に鷲摑（づか）みにして、タオルを絞るような具合に両手で捻（ね）じると、それをテーブルの上に立たせて、

「これがスクルプチュール（彫刻）だ、そうだろう」

と、彫刻家のセザールに向って言い、それからどうとかして（私が聞き落した）、

「ジュ　スイ　ギュターヴ（おれはギュスターヴなんだ）」

と、まるで何かに誓いを立てるように叫ぶのを聞いたとき中島君は、エキスプレシオンという言葉を真に経験したと言うのであるが、中島君のその話を聞いて、私も、エキスプレシオン（表現）ということが初めて具体的にわかったような気がしたのだった。表現主義と訳されているエキスプレショニズムの、そのエキスプレシオンという言葉には、例えば絵具のチューブをひねり潰（つぶ）すとか、搾（しぼ）り出すとかいう意味があるのだそうである。

私の聞き方が悪いので話の前後が続かないが、その晩はこんな話も出た。ボザール

の文明史（シビリザシオン）の講座は「アメリカ政治史」などで日本にも知られているアンドレ・カスピが担当しているが、初め、中島君はその講座に出て、日本の学校で聞いたその種の講義に較べて、なんて幼稚なことを言ってるんだろうという気がした。ところが、ある日、フランス大革命のリオンの暴動のところで、先生が、一日にパンが何斤、肉が何グラムというふうに統計的な数字を挙げて、当時の民衆の生活を説明し、眼を潤ませて、

「なんという惨めさだ」

と言うと、学生が一斉に立ち上って拍手し、教壇のカスピ教授が、

「メルシー、メルシー」

と手を振ってそれに応えるのを見て、中島君は悟ったのだ。——講義が、教育が生きている。

中島君と話していると、不思議に、ふだん、その意味をよく考えてもみないで気軽に使っている言葉の意味を考えさせられる。空間という言葉がそうだ。

私はいま、麻生三郎について考えていることがある。去年の暮だったかに都の美術館で開かれた、麻生三郎の回顧展を見ていて思ったのだが、麻生さんは五十年に亙るその制作を通じて、一貫して、空間の理解、空間の把握に腐心してきたように私には

見える。物は常に空間の中に存在している。物をでなく、物の存在を描くということは空間を描くということなのだ。麻生さんのやろうとしているのはそれである。ところで、私がこんなに麻生三郎に惹かれ、その世界に共感するのは、麻生三郎のこの空間に対応する空間が、私の裡にもあるからにちがいない。では、その、私の裡にもある空間は、画家ではない私の場合はどういう空間なのか。そいつをはっきりさせることが、私が書くとすれば私の麻生三郎論のテーマだ。ただ単に、麻生三郎の絵画空間がどうのこうのといってみたところではじまらない。問題は私のほうにある。たまたま私は麻生さんと同い年で、何十年もいちども会うこともなかったけれども、正確に同じ時代を同じ時に生きてきている。麻生さんと私とに、ある共通の、同質の空間感覚があっても不思議はなかろう。だが、私の裡にあるそれを、どうやって捉まえて、形にして眼に見せられるか……。

　以上はあくまでテーマで、実際に麻生三郎論を書くときには（たぶん私は書かないだろうけれども）、もっと具体的に書かなければならないが、とにかく、そういうことを考えているところで中島君の話を聞いたので、話の中に出てきた空間という言葉が、私には印象的だった。八年ぶりに日本へ帰ってきた中島君は、東京の街から、ヨーロッパや東洋のどこの街にもない、一種独得の感じを受けた。建ち並ぶ巨きなビルを見ても、機能だけがあって質がない。街全体がそうだ。ひどく空虚で、その空虚の中へ吸いこまれそうな自分が不安で、不安でたまらなくなると、足許（あしもと）だけを見詰めて歩いた。そこから眼をそらすと、とたんに、パリで育ててきた自分の精神は解体し、四散してしまうような気がするのだった。

　中島君はスイスで買った小さな飛び出しナイフを、鉛筆削りにも果物ナイフにも使って、どこへ行くにも持ち歩いていたが、いちども咎（とが）められたことのなかったそのナイフを、大阪空港で没収されてしまった。それはいい。しかし、その一本のナイフのために別室へ連れて行かれて、刃渡り何センチ以上はどうとかという刑法の条例を読み聞かされ、おまけに途中でちょっと部屋を出たからといって、もういちど同じ人間が同じ検査を繰り返す、そういう機械的な検査のメカニズムには一種の恐怖を感じた。空港の係員が揃って制服（しかも灰色の）を着ているなどということも、外国の空港では見たことがない。というような話を、中島君は、東京の空間、人間空間といった言葉を使って話す。そして、私は、中島君の話が、いまさっき言った、私の裡の空間をどう捉らえるかのヒントにならないか、と考えたのである。

　質、の話になって、中島君はフィレンツェの建築に使われている、手を触れるだけである恐怖を感じさせられるような巨石のことを言った。そうではなく、石のことは質の話からではなくて、エキスプレシオンの話の続きだったかもしれない。とにかく、その巨石は表面が二メートル四方もある大きな石で、途方もない量塊で人を圧倒するだけでなく、人間の手がそれを切り、表面を平らにし、並べ、積み上げたというそのことでも人を畏怖させる。エキスプレシオンは石に内在するともいえるが、それに働きかけた人間の精神、つまり意志がエキスプレシオンそのものなのだ。というような話を中島君がして、私が、その石のことを、中島君が東京の空間には質がないといったその質に結びつけようとすると、彼はちょっと考えてから、一種の註か訂正を加えるように、質のことを言い出したのだった。

質（カリテ）というのはそういう物理的な質のことではなく（あるいはことだけではなく）、たとえば、先刻話した、サンジェとセザールが論争に示した二人の情熱、カスピ教授がリオンの暴動の話をするとき、その眼に涙を滲み出させた彼の人間的な憤り、そういうものがみんな質なんですよ、と中島君は言う。中島君はもどかしそうで、自分でも十分に言いつくせたとは思っていないようだが、しかし、これだけでも、なんとなく解ったような気が私はする。私は私なりに、それを、物事のリアリティーというふうに理解するのだ。中島君が東京の街を歩いて不安になるのも、空港の係員の機械的で官僚的な立居振舞にひそかに戦慄するのも、そこに人間的なもの、彼のいう質、私のいうリアリティーの欠落を感じるからだろう。

「パリのいいところは、あそこではいつも、人間とは何かという問いかけのあることですよ」

と、中島君は言うのである。

そのパリを引きあげて日本に帰ってきた中島君は、パリで結婚した奥さん（京都の人）と、パリで生まれた女の児と三人で、いま、郷里の松山市に住んでいる。当然、このまま松山に住むか、東京へ出るかという問題に当面しているわけで、その晩も勿論その話が出たが、常識からいえば東京へ出るべきだろう。

ただ、中島君は、

「東京では、自分が殺されそうな気がするんですよ」

と言う。物騒な話だが、中島君が言うのは、彼の言葉を借りれば無機的で機能的な都会の空無に、彼の精神が殺されるということだろう。そして、芸術は風土の中に根を持っていなければならない、自分は自分を生んだ風土の中で制作をするのが本当ではないか、そう思って松山に住むことを考えている、と言うのであるが、それはそのとおりでも、実際に松山に住むとそうはいかないのが、私には眼に見えている。

これはもう理窟でも何でもない。私も松山生れの松山人で、戦後の数年は松山で暮した。生活の便宜のために、または生活に縛られて松山に住み、あるいは松山を離れることができず、そのために結局は仕事もしなくなってしまったという実例を身辺にいくつも見ている。例外なくと言ってもいいくらいだ。松山には松山の怖さがある。中島君が松山に住めば、東京とは別の殺され方で松山に殺されるだろう。どっちみち殺されるなら東京のほうがよくはないかと私は思うが、しかし、これは中島君本人が決めることで、第三者のとやかく言う問題ではない。

別れ際に、私はひとつだけ、中島君に忠告した。

「あなたねえ、松山では誰かとバーへ行っても、あなたがモテちゃあいけないんですよ。序列ってものがあって、昔からの連中の面子をこわすことになる。体面というものにみんなもの凄く敏感なんだ。それも松山の風土というものでね、あなたもやがてそうなる。コワイデスヨ」

七月の終りに近くなって、私はちょっと松山へ行った。中島君は九月に、坂崎乙郎氏の推薦で、紀伊國屋画廊で個展をすることになっているが、パリから持って帰ったその作品はまだ松山にあるからいつでも見てくれというので、それを見に行ったのである。ついでに、銀座の飲み屋でバラバラに聞いた話を、中島君に会って整理しようと思った。

私はよく、現代画廊はどうして現代画廊なんだと訊かれることがある。いまの画廊では不思議がられるのも当然だが、私のところの画廊は、そもそもの出発は抽象絵画が目的の画廊だったのだ。二十二年前のその当時は折から抽象絵画の人気絶頂の頃で、外国の抽象作家の作品を日本に紹介し、できれば、日本の抽象絵画を外国に紹介しようというのが画廊を開設した田村泰次郎氏の狙いで、現代画廊という名前も田村さんが付けたのである。画廊開きはアペルの展覧会だった。

アンフォルメルの旗頭だった批評家のミッシェル・タピエがパリでの田村さんの知りあいで、ときどきフランスからやってきて画廊に姿を見せた。だから、私の抽象絵画についての知識も、抽象といってもだいたいアンフォルメルの作家、アトラン、アルツング、スーラージュ、シュネイデル、フォートリエといった人達に限られるが、いま中島君と話してみると、二十年たてば大昔だなあという感じが、まずするのであった。

とはいっても、中島君とは格別、抽象絵画の話などはしなかった。もともと抽象絵画専用の画論などというものがあるわけがない。昔、私が一生懸命に解ろうとして読んだ抽象絵画論なども、解ってみれば、要するに、どんな絵画にでも通用する造形の原則論なのである。驚くことはない。そして、私と中島君との話も、銀座からの続きで、あのときのエキスプレショニズムの話が主だった。というよりも、翻訳では表現主義ということになる、その言葉というものについて話し合った。

表現主義というと、私などは、すぐにドイツ表現派、「ブリュッケ」や「青騎士」のグループを思い浮べ、その時代のひとつの運動のように考える習慣があるが、そもそもそれが間違いのもとで、エキスプレショニズムというのは、絵画史のどの時代にも、その一方に常に現れたひとつの傾向なのだ。昔から確かにありながら、それをどう言っていいかわからなかったものに、あるときエキスプレショニズムという名前がつけられると、エキスプレショニズムそのものがそのときから始まったような錯覚が起こる。こいつは気を付けなければならない。

東京か松山か、という中島君の問題については、私は、私自身の意見を述べるのはもう止めて、その代りに、先刻の、松山に住んで何もしなくなった、のではない、松山に住んで何かをしている一、二の私の友人を中島君に紹介して会ってもらったが、この「気まぐれ美術館」にも二、三度登場したことのある砥部の陶工の、工藤省治君の話は、傍で聞いていてたいそう面白かった。

中島君が、食うためには土方でも、デパートの配達係りでも、何でもして働くべきだし、親父にもそう言われるが、そうすると仕事ができなくなる、とハムレットみたいなことを言い出すと、工藤君がこう言った。

「仕事のできないときは、できるようになるまで、本でも読んでいるんですよ。人間という字は人と間と書くでしょう。人間は間（ま）というものがあって生きて行くんで、間というものもだいじなんだな」

　これが中島君への回答になっているかどうかはわからない。しかし、これからも、私はときどきこの言葉を思い出すにちがいない。

（初出　一九八〇年九月）

村山槐多ノート（一）

去年だったか一昨年だったか、もし必要なら、確かめてみればすぐ判ることだが、とにかく、わりあい最近のいつか、竹橋の近代美術館で佐伯祐三の回顧展のあったとき、見終って、階上の常設の部屋へ入って行くと、関根正二の小さな横向きの婦人像が掛っていた。その絵の前に立止って、私は考えこんでしまったのであった。

何を考えたかを、うまく言えない。そのときそうだったし、いまもそうである。要するに、頭の悪い私には、自分が何を考えているのかがよくわからないのだ。ただ、どういうことからそのことを考えだしたのかは言うことができる。

つまり、それはこうだった。佐伯祐三展の作品は二百点くらいあったかもしれない。その、初めのほうの何点かと、最後に近い何点かを除いて、二百点の大部分が、私には佐伯の、ヴラマンクとの格闘のように見えた。何で読んだのかもう忘れたが、佐伯祐三は里見勝蔵に連れられて初めてヴラマンクを訪ねたとき、それまでの自作のうちから自信作を選んで携えて行き、ヴラマンクから「このアカデミズム」と罵倒(ばとう)された。しかし、それが佐伯の芸術開眼になった。外へ出ると、折から降り出した雨の中で（雨なんか降ってなかったかもしれないが、私の記憶の中で、いつのまにか、その情景は雨が降っている）、佐伯は立止って里見の上着の襟を握り、「ありがとう」とひとこと言って涙を流した、というのであるが、それ以来、画家としての佐伯の短い生涯は、ヴラマンクとの死物狂いの戦いに終始したのではなかったかという気が、その回顧展を見ていて私はしたのだった。

ところが、天才佐伯祐三にしてなお、それだけの苦闘の末にようやく摑んだものを、もうひとりの天才、佐伯よりもずっと早く、ずっと短く生き、二十二歳で死んだ関根正二は、佐伯のような手続きを一切抜きにして、いきなり摑んでいるのだ。ヴラマンクという媒体を要しなかっただけに、こちらはより純度が高いとさえいえるだろう。

このいきなりのことを、関根の婦人像の前に立って私は考えたのだった。いまも考えている。なぜこんなことができたのか。佐伯が画家として生きたのは昭和の初め。関根が生きたのは大正の初め。どんな天才にも、大正という時代にはできたことが昭和になるともうできない、ということがあるのだろうか。そういう、大正時代というものがやはりあるのだろうか。

ところで、そのいきなりがもう一人いる。村山槐多だ。槐多などという男は、絵を描きはじめてすぐの、中学生のときからもう一流の画家ではないか。なぜこんなことが起こるのか。村山槐多と関根正二とは歳も一つちがいで、同じ大正八年に死んでいる。こうなると、私は、いやでも大正という時代のことを考えずにいられないのであるが、今年の春、鎌倉の近代美術館で開かれた「日本近代洋画の展開」展では、入口の明治洋画の並んだ部屋が鉤の手に曲って、そこから大正期に移るところの両側の壁の、一方には萬鉄五郎と岸田劉生と、更にその先に小出楢重が、一方には関根正二と村山槐多とが並んでいた。

萬鉄五郎の壁は黒田清輝の壁の続き、関根、村山の壁は藤島武二の壁に続いているのだが、そこまで来たとき、私は突然、ここからが本当の絵だなという気がしたのだった。黒田清輝の「洋燈と二童児」から萬鉄五郎の「木の間より見下した町」に移るところで、はっきりとそれが眼に見えた。あそこで日本に油絵が生まれている。大正期に移るところといま書いたが、大正を意識して見たのではない。いま言ったようなことに気がついて、見ると、そこが明治と大正との境目だったのである。そして、その瞬間、高橋由一は別として、青木繁も、浅井忠も、黒田清輝も、藤島武二も、私には急に退屈に見えた。

こんなことを書くと、きっと怒り出す人があると思うけれども、しかし、私はそう感じたのだからしかたがないのである。ヤケクソで、ついでにもうひとつ書いておくと、私はその会場で、岸田劉生の歯ぎしりの音が聞えるような気がした。明治洋画のエリートたち、黒田や藤島たちを尻目に見て、劉生は、西洋というのは洋行帰りのお前さんたちが得意になって見せびらかしているような、そんなものじゃないよ、と言っているのだという気が私はする。そして、本当の西洋はこれだということを、デューラーやファン・アイクに傾倒して見せることで示そうとしたのではなかったか。そのくせ、彼自身はついにいちども西洋へ行こうとせず、白樺イズムの草土社からやがて宋元画のグロテスクへ、でろりとした美の肉筆浮世絵へと、のめりこむように傾斜して行くが、そうなっていっそう孤立化してしまった劉生の口惜しさが、こういうふうに絵が並ぶと、ありありと私の眼に見える。大正ということで考えるなら、ここには、岸田劉生の姿を藉(か)りて現れた、明治に対しての、やはりひとつの大正がある。

「気まぐれ――」今回と次回は、私は村山槐多のことを書くつもりだが、忘れないうちに、まず、私がいま村山槐多の何に惹(ひ)かれているかを書いておくことにしよう。でないと、私の悪い癖で、またいつものように、余計なことばかり書いていて、書こうと思った肝腎のことを書かずじまいになる心配がある。私にとって村山槐多の魅力は何か、それを書いておかなければならない。

今に始まったことではなく、大袈裟にいえば物心ついて以来、槐多は私の最も好きな画家の一人だが、なぜ好きかは、必ずしも自分にわかっていたわけではない。問われても答えられなかった。ただ、何だかしらないが槐多は凄いなと思うのである。どこへ売ったのか思い出せないし、だから、いまどこにあるのかも判らないが、十五、六年前、私は槐多の、丸髷を結い、着物を着た女の上半身の、六号の油絵を持っていたことがある。なかなか売れないので長いあいだ画廊に掛っていたが、画廊に置くにはちょっと始末の悪い絵であった。他の絵と調子が合わないのだ。その一枚だけが眼について他の絵がみんなカスんでしまう。あちらへ掛けてみたりこちらへ掛けてみたり、掛ける位置をいろいろ工夫しながら、この絵の得体の知れないこの強さは何だろうと、絶えず思った。

だが、その強さが、私がその絵に惹かれるゆえんでもあった。決して巧い絵ではない（と当時の私はそう思った）。油絵の技法の常識からいえば、むしろ稚拙といってもいいくらいだったが、絵というものは、技術的に幼稚であるために却って精神的なものがストレートに出るということがある、ということにもそのとき、その絵で私は気がついた。とはいえ、槐多のその精神的なものとは何かということになると、やっぱりわからない。私はそれを高村光太郎のいう「火だるま槐多」の、その火のように激しい情熱と解釈してみたり、よく人がするように、『槐多の歌へる』一巻を遺した詩人村山槐多の詩精神をそれに当て嵌めてみたりしたが、いずれにしても、私は、自分の感じる村山槐多を自分の言葉で言うことができず、その都度それぞれに深く教えられるところがあったとはいえ、所詮他人の言葉によって、自分を納得させてきたのだった。

だからといって、ほかにどうしようもない。しかし、詩人村山槐多ではなく、画家として、槐多があれほどいつも私を惹きつけ、ときに私を震撼させるのは、勿論、彼の詩魂と別物ではないが、槐多のあの、比類のない対象把握力の強さだということに、ごく最近になって私は思い当った。

どういうわけか、今年になってから、私は村山槐多に縁がある。この春、柳瀬正夢の息子さんの信明氏が、何十年ぶりかに柳瀬の遺品を整理していたら見付かったといって、三枚重ねてぐるぐる巻きにした木炭紙全紙のデッサンを持って画廊に見えた。そのうちの一枚は一目瞭然の村山槐多で、槐多のサインもあるが、サインのないあとの二枚が槐多なのか、柳瀬なのか、よくわからない。どうだろうというわけである。そのデッサンのことは次回に書くが、何度も繰返し、三枚のデッサンを較べて見ていて、すくなくとも槐多のデッサンの特徴について、私なりに気のついたことがいくつかある。そして、その特徴から言って、決定的なことは勿論言えないけれども、あとの二枚は槐多ではなく柳瀬だと私は思うのだが、要するに、槐多のデッサンは、物をさぐって行くというデッサンではない。形がいきなり、ぴたっと定まる。凄い力である。しかも、人物でも、いまこの三枚の中にはない風景を思い浮べてみてもそうだが、確信を持った線がのびのびと伸びる。山なら山が、重々しく、ゆったりと伸びて拡がって行くのだ。

もうひとつは、やはりこの春、本間美術館の佐藤七郎さんから、酒田で見付かったという村山槐多の油絵のスライド写真が送られてきた。続いて、その絵の発見に関する七郎さんの、四百字詰原稿用紙二十五枚を使った調査報告書なるものが届いたが、その間に、絵の現物は、五月から信濃デッサン館で開かれている村山槐多展に出品されたということだったので、七月の半ば頃、長野市であった水上民平（みなかみみんぺい）氏の画集出版記念会の帰りに、私は、その絵を見にデッサン館へ寄った。

「差木地（さしきじ）村ポンプ庫」［口絵参照・編者補記］というその絵は、画面の右側から、南国の重い緑の風景の中へ、トタン葺き板張りのそのポンプ小屋が半分ほど姿を見せて、描かれているが、見ているとこちらへ迫ってくるような不思議な実在感に圧されて、一瞬、私は呼吸を止めた。いまトタン葺きと書いたが、トタンではないかもしれない。だが、トタンであってもなくても、そんなことには関係のない、抜き差しならない小屋の存在感がそこにある。これはもう描写力などというものではなく、対象把握の力の問題なのだ。そう思ったとき、対象把握というその言葉が、私の心に浮んだのであ

村山槐多「裸婦習作」 1917
52.0×28.0　木炭（所蔵先不明）

村山槐多「欅」 1917
101.0×69.5　木炭（東京都美術館蔵）

った。

　リアリズムという言葉を使って言えば、こういう槐多は抜群のリアリストだとも言えるだろう。信濃デッサン館で出くわした一枚の裸婦の素描の前で、私は再び息を嚥（の）んだ。

　美しい□□□（ママ）
　どうぞ裸になつて下さい
　まる裸になつて下さい
　………

という詩が『槐多の歌へる』の中にあるが、この詩で女に向けられた、獣のように単純で直接的な、躊躇（ためら）うことのない槐多の眼差しは、そのまま画面の女にも注がれている。こんな詩を詠（よ）んだ詩人は他にないように、こんな生々しい存在感を持った、従ってエロティックな裸婦を、私は他にちょっと思い出せない。

　モラリストとして見れば、槐多はまた、最高のモラリストなのではなかろうか。折れた枝をぶら下げた大きな欅（けやき）の素描を見ていると、強い倫理性を裡（うち）に持ったユニークなリアリズムを感じないではいられない。その堂々たる一本の大樹の姿からは、大地に深く根をおろし、虚空に真直ぐ立とうとする意志への、槐多の賛歌が聞えてくるようである。

八月になって、こんどは車で、私はもういちど信濃デッサン館へ行った。七月に行ったとき、次には車で来て、ここからその車に窪島誠一郎氏を乗せ、二人で酒田へ行こうと約束したのだった。「差木地村ポンプ庫」は酒田の門山周成さんというお医者様の所蔵で、その門山さんに会いに行くわけだが、窪島さんは前にいちど、その絵を借りに行って門山さんに会っているから、彼にとっては、今回はどうしてもというほどのことはない。私につきあってくれるのである。

行った晩は、私は上田市の小崎軍司氏と会って、一緒に別所温泉に泊まり、翌日、窪島君と午過ぎに出発して、夜の九時頃酒田へ着いた。途中、新発田あたりだったと思うが、夕方になって、窪島さんは、道端の赤電話でデッサン館へ電話を掛け、今日は欠き氷がいくつ出たか、訊いていた。その翌日もそうだった。デッサン館には建物の外に喫茶室があって、夏になってからはそこで欠き氷を売っている。デッサン館の村山槐多展は五月から十一月まで、半年に亙る異例のロングランである。気軽にちょっと出掛けるというわけには行かない不便な場所である代りに、これだけ長くやってくれているのは、見る側には有難いが、どうせ数の知れているそういうお客の入場料だけでやって行けるのかどうか、かねがね私は不思議に思っていたのであるが、どうやら、欠き氷は、この村山槐多展を成り立たせるための、だいじな収入源になっているようであった。

「差木地村ポンプ庫」のことで、最初に私に報らせをくれたのは、本間美術館の佐藤七郎さんである。その佐藤さんに、私はいつも私の泊まる駅前のビジネスホテルを取っておいてくれるよう頼んであったが、着いてみると、佐藤さんは門山医師と二人で、そのホテルのロビーで私たちを待っていた。その晩、ホテルの階下の酒を飲む店で話を聞き、翌日は門山さんに案内されて、酒田から最上川沿いにすこし上った松嶺（正式には松山）という町へ佐藤さんも一緒に行き、総光寺というお寺の書院で、そこへ来てもらった門山さんの旧友の、奥野さんという人からも話を聞いた。

松嶺は村山槐多の祖父、勝平の出生地で、勝平は同じ町の、同じ藩士の家柄の門山家から、村山家へ養子に行っている。お医者様の門山さんのお祖父さんと、槐多の祖父とは兄弟である。ついでにここで書いておくと、村山家は松嶺から酒田へ移り、そこで生まれた勝平の次男谷助、つまり槐多の父は分家して初め愛知県の岡崎に住み、次いで横浜に移って、槐多はそこで生まれた。槐多の母と山形鼎の母とは姉妹で、槐多が山形鼎と従兄弟であることは、誰でも知っている。

村山槐多「湖水と女」 1917
60.8×45.7 油彩（ポーラ美術館蔵）

話を聞くといっても、「差木地村ポンプ庫」についてのあらましは、私は先に送ってもらった佐藤さんの報告書で読んでいるし、窪島さんは前に門山さんから聞いている。だが、やはり酒田へ来ただけのことはあった。この日は寺の住職も交えて、主に村山家の戸籍調べのようなことをしたのだが、一座の中心が門山さんだから、話は自然に槐多と門山家との交渉のことになり、それが面白かった。これまで村山槐多について語る場合、槐多の血縁関係では、従兄弟の山本鼎が画家としての槐多の形成に終始大きな影響を及ぼしたということもあって、この、父の代からの親戚関係が表に出ていたような気が私はするのだが、もうひとつ前の、祖父の代からの親類、つまり門山家の家系に属する人たちが、彼の生涯の中で、意外に大きなウエイトを持っているらしいのである。だいたい、「差木地村ポンプ庫」が門山家で見付かったということが、その証明のようなものだろう。この絵は初め、門山さんの叔母の操さんの夫、笹秀松氏が持っていて、笹夫婦の娘の郁子さんが嫁に行くとき郁子さんに贈られ、その郁子さんから、数年前、門山さんに贈られたのであった。笹秀松という人は槐多の死んだ当時、槐多の作品を何点か持っていた様子で、死後二年目にアルスから発行された『槐多画集』には、この絵は載っていないが、「湖水と女」「植物園」「松の群」の三点が笹秀松氏蔵として載っている。

年譜によると、槐多は大正五年と六年と、二度大島へ行ったことになっているが、「差木地村ポンプ庫」は、その最初に行った大正五年の夏、大島で描いたものらしい。カンバスの裏に題名と、村山槐多　一九一六・九という記名、日付がある。ただし、槐多の筆蹟ではない。山崎省三ではないかと佐藤七郎さんは言うのであるが、そうかもしれない。

それにはこういうことがある。その年、槐多は例のおたまさんに失恋して、岡崎で徴兵検査を受けるという目的もあったが、東京から歩いて飛驒の山中まで放浪したその続きで、山崎が大島にいると聞いて大島へ行き、帰るときは一緒に帰ってきて、根津八重垣町に賄付きの六畳一間を二人で借り、下宿生活を始めた。ところが、ひと月ほどで、彼は突然また消えてしまうのである。残された山崎は下宿代に困って、槐多の置きっぱなしにして行った絵を売ってその払いに充てた。どんな絵が置いてあったのか、どんな絵を売ったのか判らないが、「差木地村ポンプ庫」がその中にあったのではあるまいか。そして、それを売るとき、絵の裏に、山崎は題名と、作者名として、槐多の名を書き入れたのかもしれない。山崎はその絵を、槐多が日頃なじんでいた笹秀松夫妻のところへ持ちこんだのであろう。

実際、槐多は、この夫婦には親しいというよりも、なついているといえるようなふうだったらしい。夫妻の住居が田端の小杉未醒邸の近くだったので、小杉家に住みこんでいた頃の槐多はよく出掛けて行ったようである。門山さんは、槐多の気持の中で、本当の親類はこの笹夫妻だったのではないかと言う。

笹秀松という人は恩賜の銀時計を貰って帝大を出た秀才で、体格もよく、外交官志望だったが、ひどい斜視で、そういう容貌上の理由から望みを捨て、弁理士をしていた。いつも煙草をくわえ、着流しの襟をはだけて歩いているこの人の姿が槐多の「のらくら者」のモデルだと門山さんは言うが、写真を見ると、なるほどそっくりである。

その、心ならずもアウトサイダーたらざるを得なかったこの人の境遇が、この人をして、また、槐多を愛させたのであろうか。

奥さんの操さんのほうは、「湖水と女」のモデルがこの人らしい。顔も似ているが、全体の感じがもっと似ている、と門山さんは言うのだ。門山さんが画集に載っているこの絵を、黙って門山家の誰か年寄りに（それが誰だったか私は聞き忘れたが）見せると、「や、操じゃないか」とその人が言ったそうである。奥野さんも似ていると言う。

奥野さんは奥野さんで、「乞食と女」の女が門山家の女たちの感じそのままだ、と言うのだった。奥野さんの言う門山家の女たちとは、若い頃の、門山さんの姉さんや妹さんたちを指すらしい。いま『窓ぎわのトットちゃん』で大当りに当っている黒柳徹子さんが、これまた門山家の血筋だそうで、門山さんの従姉妹（いとこ）の朝子（ちょうこ）という人が黒柳家へ嫁ぎ、生まれた娘が徹子さんなのだが、奥野さんは、テレビなどの黒柳徹子の声だけ聞いていると、門山さんの女きょうだい、なかでもすぐ下の妹さんと全く区別がつかないそうである。ともあれ、奥野さんの話で私はふと思ってみた。村山槐多が理想像として描く場合の女のイメージは、門山家の女たちだったのではあるまいか……。

顔と絵の削り取られた不思議な記念写真。左から二人目が村山槐多

ところで、窪島さんがデッサン館の村山槐多展に「差木地村ポンプ庫」を借りたとき、その絵の裏に、一枚の不思議な写真が貼りつけてあった。その写真の複写が、私のところへきた佐藤さんの報告書にもついているが、持ち物などからたぶん絵かき仲間と思われる七人の男が、一人は腰を掛け、六人は立って左右に並び、その並んだ男たちの前に、手に持ったり、膝に立てかけたりして、描いた画面をこちらに向けたカンバスが置いてある。立っている男たちのうち一人が槐多で、カンバスの一枚が「差木地村ポンプ庫」であることは判るが、他の男たちが誰で、誰の絵がどれかは判らない。まして、男のうちの三人の顔と、カンバスの一枚とはナイフか何かで削り取られている。

なんとなく、藁人形に五寸釘を打つような不気味さがあるが、誰が、何のためにこんなことをしたのか、また、どういうときの、どういう写真なのかも判らない。佐藤さんにも門山さんにも判らない。何も彼も判らないづくしのその写真を、図版でここへ入れておく。どんなことでも、読者にもしお判りになることがあったら、教えていただけると有難い。槐多についての、何かの発見の糸口になるかもしれない。

（初出　一九八一年一〇月）

月ヶ丘軍人墓地（一）

名古屋市千種区月ヶ丘の一劃に、通称月ヶ丘軍人墓地という不思議な墓地がある。私がなぜそこへ行ったかはあとで書くが、この四月、初めてそこへ行って、私は何ともいえない、ちょっとどう言っていいかわからない複雑な気持になった。私だけではなかったらしい。そのとき私は、名古屋のマエダ画廊の前田さんと、前田さんの車で行ったのだが、墓地にいるうちに、二人ともだんだん口を利かなくなり、しまいにはどちらも全く黙りこんでしまった。だんまりのままで車に乗り、その車で私は駅まで送ってもらったが、

「前田さんは軍隊はどちらです」

と訊いて、前田さんが戦争も終末に近い昭和十九年に海軍航空隊に入隊し、終戦を松山の隊で迎えたということも、このとき私は初めて知った。

その、どう言っていいかわからないもののことを、それ以来私は考え続け、いまも考えている。静かな住宅地、というよりも、徐々に住宅地に変りつつあるらしい月ヶ丘のその界隈の、小さな坂道の途中に、日の丸と軍艦旗とをぶっちがい十文字に掲げた墓地の狭い入口があるのだが、どこかから山鳩の声が聞えているひっそりしたあたりの気配の中で、二本の旗は唐突に眼の前に現れ、その違和感で人をドキリとさせる。何となく子供っぽい感じと同時に、ちょっと不気味でもある。

墓地の入口の向って左は普通の家の玄関。右手へ、墓地の見隠しと掲示板を兼ねる屋根の付いた板塀が延びて、それには二百枚くらいも色紙が貼ってあり、〈留魂(りゅうこん)〉〈平和の基礎〉〈忍〉〈一寸赤心惟報国(いっすんのせきしんこれほうこく)〉〈忠君愛国〉というような文字から、教育勅語の一節、〈海ゆかば〉の軍歌、さては子守唄まで見られる。雨を除けるために、塀の全面がビニールで覆ってある。

墓地はさほど広くはない。日の丸と軍艦旗の下をくぐり、更に低く垂れた松の枝をくぐって、地上げをした隣家の土台の石垣伝いに下ると、その石垣を正面にして、百体ほどの、一つずつ台座の上に立った石とセメントの軍人像が、二十メートル四方くらいの地面に、何列かの横隊になって並んでいる。これが月ヶ丘軍人墓地である。

像の大きさはだいたい高さ一メートル前後、中には胸像もあるが、台座、つまり墓

百体ほどの軍人像が並ぶ月ヶ丘軍人墓地

石には戒名でなく、軍隊の階級名で名前が彫ってある。そして、墓はほぼその階級順に並んでいるらしいが、いちばん眼につくのは上等兵で、とはいえ、普通、戦死によって一階級昇級するから、戦死したときの彼等は一等兵である。最後列の右半分は将校。更にその後に、これだけが等身大よりも大きな像が二つ立っているが、左が呉淞〔上海の外湾・編者補記〕の敵前上陸で戦死した倉永部隊長、右がノモンハンで戦死した某中佐である。

この墓地の世話をしている亀井藤錆という人がいるらしかった。墓地の中に、使用目的不明の、水色のペンキで塗った大きな箱のようなものが一つ二つ置いてあり、他に立看板のようなものもあって、表面に詩とも歌ともつかぬものがいろいろ書いてあるのだが、そのあちこちに「墓守二十年也」というような文字が見える。墓地の片側に掘立小屋が二つ建っていて、この小屋も立看板の類も、入口の掲示板も、日の丸と軍艦旗も、この人の手作り、ないし自費で調製したものとあとで知ったが、その小屋の一つのほうに、参拝者の記名用のノートを入れた小さな木箱が打ち付けてあり、その箱の蓋に、亀井藤銉というその人の名前と住所と電話番号が書いてあった。

それが四月。六月には私は二度続けて名古屋へ行っていて、最初のときは前回同様前田さんの運転する車で墓地へ行き、そこで画家の入江さんと落合って入江さんの家を訪ね、そのあと私は茨木と大阪へ行って、帰りにもういちど名古屋へ寄ったのだが、私が大阪へ行っている間に、前田さんは図書館へ行って第三師団戦史や歩兵第六聯隊(れんたい)の歴史などを調べ、必要と思われる箇所のコピーを作ってくれていた。第三師団司令部も歩兵第六聯隊もかつては名古屋にあり、月ヶ丘軍人墓地の墓の主は当然、殆(ほとん)どがその第六聯隊の戦死者である。なかでも第二次上海事変の緒戦の戦死者が多い。彼等がどのような戦闘で死んだかを私たちは知りたかった。コピーの他に、前田さんは三好捷三という人の『上海敵前上陸』という本を町の書店で買っておいてくれていた。この著者は第六聯隊ではないが、三師団と同時に動員された善通寺第十一師団の、丸亀第十二聯隊の下士官である。

大阪から名古屋にもどると、前田さんに連れて行ってもらって私も図書館へ行き、私はそこで、同じ呉淞地区の戦線に投入された豊橋第六十八聯隊の、第八中隊の記録というのを読み、夜はホテルで『上海敵前上陸』を読んだ。師団や聯隊の戦史には、戦闘の経過や状況は詳しいが損害、つまり戦死や戦傷についてはあまり具体的な記載がない。だが『上海敵前上陸』を読むと、八月二十三日に上陸した第六聯隊より十日おくれて上陸した丸亀第十二聯隊の著者の中隊が、数日後、呉淞から十粁と離れていない地点で、敵中に取残され、二百名がたった十名になってしまった先発六聯隊の中隊に出会うところがある。第三師団は消滅してしまったのだ。そして、著者自身の中隊も、その二、三日後には八十名、十月中旬には三十名になってしまっている。

翌日、東京へ帰る前に、私はもういちど、ひとりで墓地へ行った。ゆうべホテルで、あの亀井さんという人にやっぱりいちど会わなければと思いはじめたのだが、墓地の木箱の蓋の住所と電話番号を控えてなかった。更めてそれを見に行ったのである。

会ってみると、亀井さんは鶏卵商を営む七十五歳の老人であった。意外にも軍隊経験はない。ただ、戦後もだいぶん経って昭和三十七年の夏のある日、亀井さんはたまたま軍人墓地の傍を通りかかり、かつて第六聯隊の出動の夜、自分も人混みの中で見送った覚えのある倉永部隊長の姿が草に埋もれているのを見て、あの人がこんなところに、と思った。そして、もういちどこの人達を世間にも思い出してもらいたいと思い、それからは日曜ごとに、奥さんと二人で、忘れられた墓地の手入れに通うようになった。墓守二十年というのはそのことである。やがて、旧軍人や遺族会に呼びかけて、年に一度、七月の日曜日を選んで、月ヶ丘戦士顕彰会という英霊供養の式を行うようになり、そのために日の丸や軍艦旗も立て、二軒の小屋も建てた。墓地の塀の色紙は、そのいつかの会のとき、それに先立って亀井さんが関係者の間を廻って書いてもらったものである。

墓地を作ったのは三輪寅治郎という人である。いうまでもなく、亀井さんも人から聞いた話だが、昭和十二年の夏、上海の上陸作戦で大勢の戦死者が出ると、三輪寅治郎というその人がここへ地所を買い、遺族たちに呼びかけて、めいめいが戦没者の一時金（百五十円から二百円くらい）を造像費に充て、写真を基に故人の軍服姿の像を作って立てるようにした。写真で作ったというのはよくわかる。軍服姿とはいっても、銃を持ち装具を着けたのは少くて、戦闘帽ではなく制式の軍帽を被り、両手を背に廻して組み、巻脚絆（まききゃはん）をつけない両脚をすこし左右に開いて立つ姿が多いのは、外出日などに写真屋で写す兵隊の記念写真がだいたいこれだったたからだろう。

像は一人の彫刻師と四人の石工とで作ったということである。彫刻師というのがどういう彫刻師か、亀井さんの話からでは判らないが、とにかく、石でやるにしろセメントで作るにしろ、一枚の写真から立体像を作ることは、ある程度造像の心得のある者の指導がなくては、普通の石屋さんだけではちょっと無理だったろう。とはいえ、はっきり言って像は稚拙なものであるが、もともと芸術的な意図などのない、没個性的なその像がずらりと並ぶと、却ってその没個性故に、軍隊というもののイメージが、予期しないリアリティーをもってそこに生まれているのだ。それは実に不思議で、ことに整列したその像を背後から見渡したとき、突然、ああこれは軍隊だと私は思った。軍隊生活のある一瞬を如実に思い出した。

それが、最初にその墓地へ行ったとき私がいちばん強く感じたことだったが、二度三度と行くその度に、新しい印象が加わった。没個性ということをいま書いたが、芸術的には、拙い石工たちの仕事は確かにそうでも、気が付いてみると、一つ一つの像に「生き写し」を志した、銭金ずくではない彼等の熱意がありありと見て取れるのだ。だが、「生き写し」は石工たちよりも、より一層遺族たちの願いだったろう。覚悟はしていたというものの、それにしてもあまりにも呆っ気なく死んだ息子や夫への諦めきれぬ想いは、在りし日の面影を眼の前に見たい願いになって、それが像を作る動機にもなったのだろうが、その想いは今に、墓地全体に籠っている。それがなければ、われわれが何冊も戦史を読むということもなかったかもしれない。

しかし、それだけに、墓を建てた父とか妻とかの名が、戦死者の戦歴を記した碑文もろとも磨り消されたのが多いのを見ると、また別の切なさを感じないではいられない。初め、私はそれを風化作用の結果かと思った。それにしては、同じ時期に彫られながら明瞭に残っているのもあるのが不思議だったが、訊いてみると、終戦直後、進駐軍の追及を懼れて、夜中に墓地へ来て荒石で磨り潰した家族もあったというのである。そういう家族でも家族にはちがいない。ところが、それから三十年経った現在、百体の軍人像のうち、家族の判明しているのは二十八体に過ぎず、大部分は無縁仏だと言って亀井さんは嘆く。

碑文を手掛りに家族が追及されるというようなことは勿論なかったが、進駐軍がこの墓地の破棄を命じてきたということはあったらしい。そのとき抵抗したのは坊さんだった。二十人の僧侶が抗議に行って、国の為に死ぬということはアメリカも日本も変りはない、あの墓をわれわれ日本人の手で毀すことはできない、どうしても毀せというのなら、自分たちをこの場で銃殺した上で、あなたたちが行って毀したらいいだろう、そう言って頑張った。お蔭で像は毀されずに済んだということである。

墓地で気が付いたことを一つ付加えておこう。ここのこの軍人像には、理想化の跡があまりないのだ。石工たちは戦前の日本人のカッコよくない男をカッコよくなく作った。お国のために死んだ人間だからといって、いい男には作っていない。ということは、戦争を理想化したり美化したりもしなかったということである。栄光とか勇壮とかは彼等の関心事ではなく、先程も言ったように「生き写し」がだいじだったからかもしれない。

それにしても、と私は考える。死んだこの男たちにとって、当時の合言葉みたいだった「お国の為」とか「聖戦」とか「八紘一宇」とかはいったい何だったろう。本当にそう信じて戦場へ行った兵士がこの中に果して何人いただろうか。しかし、信じていようといまいと、死は眼前に待構えている。その避けるわけにはゆかない暴力的な死を自分に納得させるためにはその合言葉を信じるほかなかったろう。母親はまた、そうして死んだ息子の死を無駄死だと思いたくなければ、そうするしかなかったろう。愛国主義といい、軍国主義といい、ありようはそういうものだったかもしれない。

四月にマエダ画廊で田中岑さんの展覧会があり、オープニングの日には私も東京から行ったが、出掛ける前に岑さんに会うと、岑さんは、名古屋には自分の友人で入江光太郎という変った画家がいるから、行くならいちど会ってみろと言うのであった。

その人は岑さんと同じ香川県豊浜の生れで、中学も、岑さんより一級上だが同じ中学、戦後は芝の高輪でしばらく岑さんと同じ家で暮した。もっとも、当時の入江氏は、安部公房とか野間宏とかそういう人たちと付合っていて、そちらのほうの仲間のようであったが、四年ほど前、岑さんが四国へ行ってそちらで入江氏に会うと、入江氏は絵をかいていた。そのデッサンを見て岑さんは驚いたのだという。更にその後、名古屋の入江氏の家で会うと、入江氏は不思議な絵を描いていた。名古屋に彫刻の軍人像の並んでいる墓地があり、入江氏はその軍人像を中心に置いて、周りに、三六〇度ぐるりと見廻した名古屋市の市街の眺望を、しかも驚くべき細密描写で、畳四枚ぶんくらいの大作に描いているところであった、という岑さんの話を聞いても私には見当も付かない。いったいどういう絵だ、と私が訊くと、行って見ればわかるよ、と岑さんは笑って答えた。

それで、予め前田さんから連絡しておいてもらって、行った晩、私は画廊で入江さん夫妻に会ったが、その晩は移転した新画廊の披露も兼ねたオープニングパーティーだったので、立混んでいて、初対面の挨拶はしたものの、私は話らしい話をする隙もなく入江さん夫妻を帰してしまう結果になった。翌日更めてこちらから訪ねて会おうと思ったが、前田さんに聞くと、入江さん自身も奥さんも学校の先生をしているから昼間はだめだという。しかたなく、入江さんに会うためには出直してくることにして、先にその軍人墓地というのを見ておこうと思い、翌日、前田さんに車で連れて行ってもらった。とはいっても前田さんも初めてだったのだが、とにかく、そうして、この稿の最初に書いたとおり、私は前田さんと一緒に月ヶ丘軍人墓地を訪れることになったのである。

次には六月に来て、私は入江さんとその墓地の中で会った。そういう予定ではなかったが、私が最初、駅から地下鉄で前田さんの画廊へ行き、前田さんから入江さんに電話しておいてもらって、まず墓地へ寄ってから入江さんの家を訪ねるつもりでいると、入江さんの方で先にそこへ来て、私たちを待っていたのだった。そのちょっと前、私が地下鉄栄駅の階段を昇っているとき、耳を聾（ろう）するばかりの日蓮宗の太鼓の音がして、地上へ出てみると反核運動の大行進がそこを通っているところだったが、墓地へ来てみるとここは相変らずひっそりとひと気もなく、そのうちに雨が降りだした。雨の中で、私は入江さんと立話をした。

入江さんがこの墓地を見付けたのは二年程前のことらしい。偶然この坂道を通りかかり、例の軍艦旗を見て、入江さんもギョッとしたらしいのだ。入ってみるとセメントの軍人像が立並んでいてまた驚いたが、この軍人像の発見は、入江さんにはショックだった。

入江さんは中学卒業を目前に控えたその年、昭和十三年の冬から春にかけてということになるが、家出をして、乞食同然の四国遍路をしたことがある。たいていの家が、お遍路さんには金よりも、茶碗に一杯米をくれた。当時、米一升が三十二銭、木賃宿の宿泊料が二食付三十五銭で、米を一升五合出すとそれで泊めてくれた。つまり、茶碗一杯は約一合だから、一日に十四、五軒米をくれる家があればよかった。

その遍路の途次、高知県の足摺岬から中村にかけて、四万十(しまんと)川の河口あたりを歩いたのが二月頃だったが、行く先々、海岸のどの村の墓地にも、まだ石碑に変る間のない、白木の柱のような墓標が何十何百と立並び、その墓標の一つ一つにまた、長さ一丈くらいの、白無地に黒の縁取りをした吊旗(つりはた)が立っていて、太平洋の風にはためいていた。吊旗は何にも字が書いてないために一層不気味であった。前年の夏、上海の敵前上陸で全滅した和知(わち)部隊、高知第四十四聯隊の兵士たちの墓だったのである。

軍人像の墓碑銘を次々に読んで行くうちに、入江さんは、このたまたま路傍で見付けた墓地に葬られているのが、あのとき高知の海岸に白木の墓標が林立するのを見た、それと同じ戦線で、同じ時に死んだ兵士たちであるのを知って、強いショックを受けたのだった。

生々しく甦(よみが)ってくる追想はまだある。善通寺の第十一師団に動員令が下ったちょうどそのとき（名古屋第三師団も同時）、つまり昭和十二年の八月の半頃、中学五年生だった入江さんは夏休みで、詫間の友人の家へ泊りがけで遊びに行っていた。そこへ突然、町じゅうの民家へ、出動する兵隊の宿泊の割当が来たのだ。日露戦争以来、出動はいつも多度津からであったが（前出『上海敵前上陸』によると、丸亀第十二聯隊はこのときも多度津から出ている）、この出動は詫間からであった。それも輸送船でなく軍艦で行く様子で、詫間の沖合の塩飽諸島の島々の蔭には、巡洋艦が姿を隠して待機していた。その艦まで、兵員は艀で運ばれる。

このとき、名古屋の第六聯隊も軍艦で行っている。緊急の出動で、快速の巡洋艦や駆逐艦が必要だったのだろう。名古屋では軍艦は野間沖に停泊したが、出航して二十六時間で揚子江河口附近の海面に到着している。詫間から出たのがどこの部隊か、中学生だった入江さんの記憶では判らないが、民家に分宿した兵隊のところへ、四国の方々から家族が駈けつけてきたようだと入江さんは言う。細君の来た兵隊は最後の夜を二人だけで過ごさせるよう、泊めた家では気を遣った。兵隊たちはみんな眼が血走っていた。女たちは泣いていた。翌朝、未明に、兵隊は隊伍を組み、まだ暗い町の中を家族に送られながら桟橋へ向って行ったが、彼等の殆どがそれきり帰ってこなかったのである。

入江光太郎「わが惑溺の街」 1977頃
182.0×364.0（所蔵先不明）

あの夏の終りの一夜の、ざわざわした、切羽詰った、凄まじい町の雰囲気は忘れることができないと入江さんは言うのだったが、その話を聞きながら、私は私で、一瞬、遠い記憶を甦らせていた。

そのときの動員にちがいないのだが、ある晴れた日の午前十時頃、当時は松山の父の家にいて店番などしていた私のところへ、普段は絵かきとして付合っていたひとりの友人が、突然、赤鉢巻の制式の軍帽を被り、鞘に革の覆いをした軍刀を提げ、大きな赤い襟章と肩章の目立つ陸軍少尉の服装で、出征の挨拶に現われたのだ。私はそれまで、この友人が陸軍の将校だなどとは思ってみることさえなかったので、何となく呆っ気にとられて相手を見詰め、向こうはちょっと照れて、お互に話もせずに笑って別れてしまったのだが、一週間も経たぬうちに、彼は呉淞のどこかのクリークで戦死してしまったのである。上岡巳平（うえおかみへい）といって、齢は私より一つか二つ上、春陽会に出品していた。

雨がだんだん強くなってきたので、私たちは墓地を出て車の中へ入り、そのまま入江さんの家へ行った。墓地の軍人像を真中に置いて、周囲に名古屋の市街が描いてあるという絵は、応接間の窓を塞ぐように、その前に四枚並べて立掛けてあった。ベニヤ板一枚分の大きさの画面を横に四つ繋いで、一枚の画面になるようになっているのだ。

絵は、私の想像していた絵とは全くちがっていた。とはいっても、どんな絵を想像していたのかと訊かれても私には答えられない。岑さんからいろいろ聞いて想像していたが、要するに私は何も想像してはいなかったのである。しかし、更めて岑さんの話を思い出してみるといちいちその通りなのであった。

ひとつだけ、岑さんから聞いていないことがあった。この絵の構図は人間の眼になっていて、そのヒントはジョルジュ・バタイユの『眼球譚（がんきゅうたん）』だと入江さんは言うのだ。しかし『眼球譚』ってどんな本ですか、どんなことが書いてあるんですかと訊くと、入江さんは、むずかしくて自分にはわからない、ただ『眼球譚』という題が気に入って、名古屋という街を自分の眼球譚に描いてやろうと思った、と言う。

その入江さん自身の眼は、気をつけて見ていると、話の途中で鋭く光ることがある。墓地で話していたときには、雨を拭（ぬぐ）うのかもしれないが、ときどき指先で眼のあたりを触っていた。

（初出　一九八二年八月）

その日は四月六日だった

この間うち、私は風邪をひき、熱を出して寝込んでしまうという程ではないが、三月の半頃から四月の初めにかけて、何となく調子が変だった。熱があったかどうかは、一度も計ってみないのだから分らない。風邪をひいたなと自分で分ったのは夜の明け方で、前の晩、蠣殻町の部屋で夜通し何かの原稿を書いていて、朝になり、そろそろ寝なければと思う頃、突然、鼻の穴から一条の鼻水が流れ落ちたのだ。それからはとめどもなく鼻水が出て、初めの数日は殊にひどかった。

治る方はいつ治ったとも分らずに治っていて、一つだけ確かなことは、その二週間ほどの間に、鼻水を拭くためにティッシュペーパーを一箱空にしてしまったという事実だけであるが、ある晩、私が十二時半頃部屋へ帰ると、机の上の積重ねた本の上に、ゲンロクマメの作品と覚しい、そのティッシュペーパーの空箱で作った人形が置いてあり、いうまでもなく作者のゲンロクマメはもう寝ていた。

その人形というのを文章で説明しようとすると大変だから、編集部で承知してくれれば写真で出させてもらうが、要するに、これは人形というよりも、彼の意識ではロボットなのであろう。ここのところ彼はロボットに夢中になり、尊敬のあまり、自分をロボットだと思いたがっている節がある。だから、これも、ひょっとすると、理想化された彼の自画像なのかもしれないが、頭に爪楊枝が二本立っているのはアンテナだ。そして、紙にくり抜いた口の穴から細長い紙片がぶら下って、何か文字が書いてあるのはロボットの発する言語のつもりだろう。もっとも、ゲンロクマメの書く文字は、目下のところ、ゲンロクマメの母親でないと読めない。彼女は彼女の机の上で、自分の原稿を書いていた。

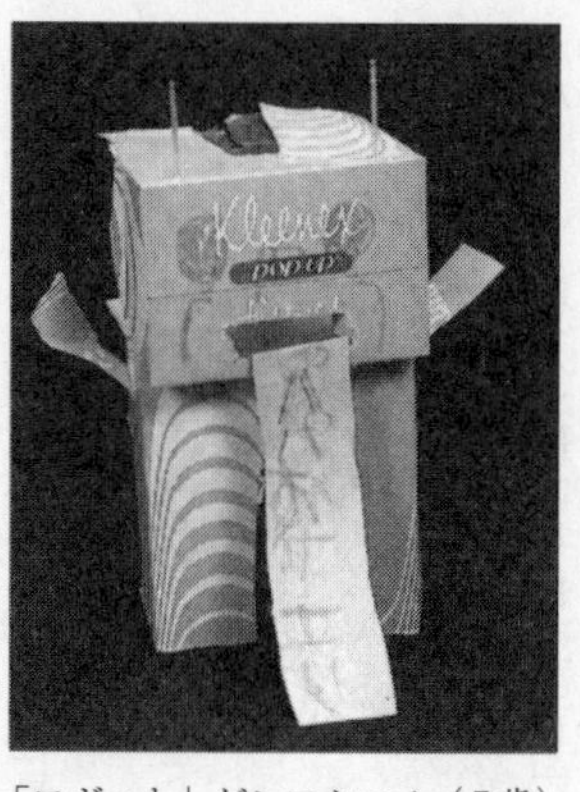

「ロボット」ゲンロクマメ（5歳）

「何て書いてあるのかなあ、これ」

「パパおかエリ、でしょ」

そう言われてもすぐには読めないが、よく見ると、六字のうち、下の三字は裏返しに書いてあるのだった。

「ねえ、ねえ」と、原稿用紙を仕舞いながら彼女が言う。「あなたに聞かせるいい話があるのよ」

そのいい話というのは、ロボットの話かと思ったら、別の話だった。

毎朝、彼女はゲンロクマメを保育園へつれて行き、その足で、地下鉄に乗って勤め先の雑誌社へ出社する。彼等が出掛けるとき、私がまだ前夜からの続きで起きていることもあるが、入違いにもう寝ていて、彼等が出て行くのを知らないこともある。そういう日が二、三日も続くと、その間、ゲンロクマメと私とはお互いに顔を見ることがなく、そこで、彼の身代りのロボットが登場することにもなったのだが、その朝も、私は彼等が出掛けるのを知らなかった。

家を出て、二人は、いま改築工事をやっている、筋向いの食品会社の先の角を左へ曲り、すぐまた次の煙草屋の角を右へ曲るのだが、その煙草屋の前まで来たとき、ゲンロクマメが、保育園の新しい帳面に名前を書いてもらってくるよう、先生に言われていたのに忘れていた、それをいま書いてくれと母親に言いだした。その日から、保育園で、彼は一級上のキリン組というのへ替ったところだったのだ。その日は四月六日だった。

煙草屋の角に黄色電話がある、それと並んで煙草の自動販売機と、アイスクリームなどの冷凍ボックスらしいものが置いてある。彼女はそのボックスの上で、ゲンロクマメの鞄から取出した帳面に名前を書いていた。すると、後から誰か来て、黄色電話で電話を掛けはじめたが、見るとその男はヘルメットを被っていて、いまさっき言った工事現場で働いている男のようであった。

「その電話がねえ、え、一年一組か、二組かって何度も訊いて、それから、写真は写したかなんて何度も言ってるんだけど、向こうの要領が悪いらしくて、なかなかそれが通じないのよ。一組でも二組でもいいのにと思うんだけど、聞いていると、その声に訛があるの。出稼ぎに来ていて、田舎の子供が学校へ上った様子訊いているのね。あたし感動したなあ、これがドラマよ、そう思わない」

「そうだな、いい話だね」

「あたしたち、工事の音がうるさいなんて言って、悪かったみたい」

言うのは彼女の方で、ウイスキーを飲んでその勢いで寝てしまう私は平気だが、私が眠ろうとする頃から、工事現場では工事が始まるのである。

「じゃあ、あたし寝るわ、この話あなたにしたくて待っていたのよ、おやすみ」

そう言って、彼女は隣の部屋へ立って行った。

私も、この話を書いておきたくて、本題の北条石仏を後廻しにしてこちらを先にしたのだが、ゲンロクマメのロボットは、たまたま若杉慧氏の写真集『北條石佛』の上に置いてあった。私は去年の秋から北条石仏のことを書きたいと思っていて、そのために半年以上も古本屋を探し、最近になってやっと見付けたその写真集が机の上に置いてあったのだ。

ところで、私が北条石仏の存在を知ったのも、実は、その写真集によってなのである。昨年の夏、この「気まぐれ美術館」に「月ヶ丘軍人墓地」を書いたとき、私は二、三度続けて名古屋へ行ったが、そのうちのどの折かに、マエダ画廊の前田さんから、本はこれとはちがうがその写真集を見せられたのだ。前田さんはその写真集を名古屋の古本屋で買ったところだった。こいつは凄いなあ、いちど実物を見に行きましょうよということになり、秋になって、ある日、私は東京から名古屋まで新幹線で行き、一晩泊って、翌朝、前田さんの運転する車で名神高速と中国自動車道を西に向って走り、姫路の山の方に当るというその北条へ行った。何というインターで高速を降りたか、いまちょっと思い出せないが、要するに、向こうへ着くまでは一切前田さん任せで、私はただあの石仏が見られればそれでいい。

インターを出て十五分ばかりの、何とか羅漢寺という寺の庭に、どちら向きか、とにかく一方を向いて、全部で三百何十体かあるという石仏が、左右二つの区劃（くかく）に分れ、前後七列か八列かにずらりと並んでいる。一列が平均二十体くらいだろうか。各列の両端に、列に背を向けて外を向いているのがあり、それはそれで列になるから、前向きが十五、六列と、横を向いているのが四列あることになる。

その横向きの四列の、まん中の二列は向き合っているわけで、横向きといっても、こちらが前へまわれば勿論前向きだが、その向き合った二列の間がやや幅の広い通路になっていて、その通路の正面に釈迦如来（たぶん）を中心に、重立った仏が五体ほど、こちらを向いて並んでいる。もっとも、こんな排列（はいれつ）の具合などを苦労して書くことはないので（こういうことを文章に書くのは私は苦手なのだ）、あとで知ったが、もともとこの辺りの、蝮（まむし）がいるので誰も近寄ろうとしなかった深い藪（やぶ）の中に散乱し、中には首のもげたのもたくさんあったのを、大正の半頃かに、有志の手で、ここへこういうふうに並べたのだということである。

そんなことより、だいじなのは、中央奥の如来像その他の数体を別にして、北条石仏と呼ばれるこの石仏が、あまり仏像らしくないことだろう。羅漢でもない。とはいっても、羅漢とは何か、私は知らないが、今年になってから、偶然の機会で、埼玉のある大きな寺の有名な五百羅漢を見たけれども、仏にごく近い存在であるはずのその

北条石仏　昭和57年秋
（著者撮影）

羅漢たちは、私には、なんだかつまらない年寄りの酔っぱらいの集まりみたいに見えた。あれが羅漢というものなら、ここにあるのはぜったいに羅漢などではない。ついでに書いておくと、これもあとで知ったことだが、何とか羅漢寺というここの寺の名称は、昭和になってからの命名らしい。いっぽう、石仏群の方は、すくなくとも四百年は経っているとのことである。

羅漢でもなく、仏でもないとすると、いったいこれは何なのか。いや、仏にはちがいないのだろう。仏にはちがいないけれども、仏の像を作ろうとするよりも、仏にことよせて何かを作ろうとした、その何かだという気が私はする。私にとってはその何かが問題だ。

仏像という感じがしないのは、ひとつにはその像容によるかもしれない。像容なんてもんじゃない。極端にいえば、四角な石の柱の上に首がのっかっているだけのものである。おまけに、その柱がほぼ同じ寸法に揃っていて、何かの石材で間に合わせたような感じさえするのだ。およそ普通石仏というものの概念とは懸離れている。そして、首から上は丸彫りだが、躰(からだ)の部分、手だの、その手の持物だのは、四角な石の前面に、なかには浮彫りのものもあるが、多くは線彫りで彫ってある。しかし、全体を一つの像として見て、それがまた、巧まざる素朴と簡潔さの見事な造型的処理と見えないこともない。

　ところで、その首だが、これがまた、ちっとも仏さまらしくない。ばかりでなく、人種的にもわれわれ日本人の顔ではなくて、中にはまさしくわれ等が眷(けん)族というのも混じっているが、大方はいわゆる西洋人に近い。鼻梁(びりよう)が高く、鼻筋が通り、鼻の下は顎の先まで一直線で唇が突出ていない。額の下で切り込んだように眼窩(がんか)が深く窪んでいる。

　いったい、どうしてこういう顔が、この場所で生まれたのだろう。もしかすると、四百年前には、日本人はこういう顔をしていたのだろうか。私の写してきた写真を見て、なに、こういう具合に彫るのがいちばん簡単だからさと言った人があった。それも一見識で、実際はそういうことだったかもしれないが、不思議なのは、そのいちばん簡単な彫り方の当然の結果として同一パターンになるはずのその顔が、それなりに一つ一つ個性的で、奇妙なリアリティーを持っていることである。この像を作った人物は、一つの像ごとに、固有の人間の一人一人のイメージを心に抱いて固い石を彫って行ったのではあるまいか。とすると、そこが仏像とはちがう。生の人間の、生の人間による表現の意志が働いているのだ。まるで近代彫刻のように。

しかし、いちばんちがうのはその目付だろう。仏像はこんな目付をしていない。仏像の視線には一つの焦点というものがない。手っ取り早くいえば、あれは瞑想する者の眼である。だが、ここの石仏たちの眼は激しく何かを見詰めている。何物かに視線を凝らしている。何百ものこういう視線が、何百年もの間、昼も夜も、雨の日も風の日も、見詰め続けたうつろな空間を思ってみて、私は戦慄した。

写してきた百枚あまりの写真を貼付けて、取敢(とりあえ)ず私は私の「北条石仏」のアルバムを作ったが、それをやっていて、この眼差しこそは先程言った、この石仏たちの「何か」なのだと気が付いた。もっとも、眼差しという言葉は私の語彙(ごい)ではない。私がそのことを言おうとすると、目付というような品の悪い言葉になってしまう。眼差しというのは、あれはジャコメッティの言葉だ。ジャコメッティがどこかでその言葉を使っていたのを思い出し、だが、どこだったかが思い出せず、一夜、私はジャコメッティの『私の現実』(矢内原伊作・宇佐見英治編訳　みすず書房)を、あちらへめくり、こちらへめくりしてみた。あった。「画家の独白(一)」の中にこういうところがある。

「或る日のこと、或る若い娘をデッサンしたいと思っていた時、何かピンときたことがあった。つまり、つねに生き続けている唯一のもの、それはまなざしだということが突然わかったのだ。残りのもの、頭蓋骨になり変ってしまう頭部は、死人の頭蓋骨とほとんど同じものになってしまった。死者と生者の違いをなしていたもの、それは彼のまなざしであったのだ」「生きている者のなかで彼を生かしめているものは、疑いもなく、そのまなざしなのだ」
だとすると、この石仏たちはやはり仏ではない。生きている、生身の「何か」ではあるまいか。

若杉慧氏の『北條石佛』を、私はずいぶん探した。前田さんと北条の石仏を見に行った帰り、またひと晩名古屋に寄り、その折、前田さんが、この本持って行きますかと言ってくれたけれども私は遠慮した。なるべく本は借りないことにしている。私はよく本をどこかに置いてきたりする方で、借りて失くすると大変だ。それに、東京で探せばすぐ見付かると思ったからだったが、それがなかなか見付からなかった。それもそのはず、昭和三十八年に筑摩書房から出たこの写真集は、初版千五百部を出したあと、刷り置きの五百部が製本所で紛失し、紙型も原版もなくなっていて、それだけしか出ていない。

古書市のカタログで見付けて、手を廻してやっと手に入ったのは今年になってからだったが、そのあとで、東出版から出た金井竹徳という人の写真集『石の心　北条石仏』という本を人から貰った。ちょっと変った本で、写真は金井氏の写真だが、解説だの「北条石仏の印象」だのは、先の『北條石佛』の若杉慧氏の文章がそのまま転載されている。追加されているものもあって、『北條石佛』の紙型紛失の経緯などもそれで知ったのだが、この金井氏の写真集も何部くらい出たのか、聞くところによると東出版は最近倒産したそうだから、そうなると、この本もこれでしまいだろう。『北條石佛』は不運な本だという他はない。

ところで、北条石仏のことは『北條石佛』の解説を読めば何でもわかるだろうと思っていたのに、それが何にもわからないのであった。というのも、若杉氏は、北条石仏の素性はいくら調べてもわからない、調べれば調べるほど、一つの謎は別の謎を生み、一つの解釈は他の解釈と矛盾し、どこまで行っても謎、謎、謎で、所詮はさっぱりわからないということを、その解説で書いていられるのである。しかし、その解説を読んで、私は感動した。

若杉氏は何年にも亙って、何度もこの土地を訪ねて滞在し、その間にはアルコール中毒の寺の住職とも親友になり、そうして撮り続けた写真を持って東京に戻ると、彫刻家や画家、歴史学者や地質学の研究家、その他あれこれの専門家を訪ね歩き、意見を求めてまわるが、勿論それでわかってくることはそれぞれの分野で部分的にはいろいろあるけれども、基本的なことでは依然として何もわからない。もともと、この石仏群についての記録とか伝承とかは全くないということで、そんなことがあるだろうかと思うけれど、そうらしいのだ。北条というところはかの柳田國男氏の出生の地であり、小学校を卒えるまでここに住んでおられたそうであるが、その柳田國男氏が、若杉氏が会いに行って写真を見せるまで、この石仏のことはご存知なかったということである。

その、あれも謎これも謎の謎だらけの中を、どこまでも疑問を追い続ける推理の跡が縦横に交錯し、網の目のように織りなされて行く若杉氏の解説は、だからこそ限りなく面白いが、そこがまた北条石仏の面白いところで、時代についても、作者についても、何一つ確実なことはわかっていないのだから、誰でもが、自分勝手に自分の空想を楽しむことができる。

昔、戦国時代に、このあたりに赤松という一族がいて、この北条に城があったが、山名という一族に滅ぼされたそうで、ひと頃、私は、その滅ぼされた方の武士で、宮本武蔵くらい剣の道の達人でもあった男が生残り、剃髪して僧になって酒見寺（いま石仏の立っているあたりはもともとその大寺の地域内だった）に身を寄せ、そこで、殺された一族の男女の供養のために、一人一人、仏の姿にして石に彫り続けたという埒もない空想物語を心の中で作り上げて、ひとりで面白がっていたことがあった。無論自分でも全然信用していないが、宮本武蔵くらいの達人というのは、あの石仏たちの、作者は誰とも分らないながら、その独得の切れ味のよさから、自然にその名が浮かんだのだった。

ここの石仏たちの日本人離れした顔付は、当然、見る人に、この像を作ったのは果して日本人だろうかという興味を起こさせる。そこで生まれるのが漂流人説だ。若杉氏は、自分も一時はその説をとっていたといい、しかし、そういう奇譚じみた推察は歴史家の一笑を買うにすぎなかったと書いていられるが、氏の想定する漂流人は南方系ではなく、北方系の、たとえば唐詩選などによく出てくる紫髯緑眼の胡人で、朝鮮半島沿いにでもわが国に流れついたのではあるまいかというのである。

いつか名古屋で、前田さんも一緒に入江光太郎氏に会うと、この話では、入江さんは南方説だった。入江さんの家は北条の出で、その北条出の一族が別所長治に属して播州の三木という城に拠っていたが、豊臣秀吉の高松城攻めに際して、いわゆる「三木の干殺し」でまずこの三木城が攻略され、辛うじて生延びた一族は故郷の北条へ逃げ戻った。石仏を作ったのはその中の誰かで、目的はやはり供養のためだろうというのだが、入江さんの先祖のそのまた先祖は、南方から海を渡ってきた何とか族（私が聞き忘れた）だと入江さんは言う。そして、亡くなった入江さんのお父さんにそっくりの顔が、この石仏の中にあるそうである。

ところで、ここまで書いてきて、いま私の頭に一つの想念が浮んできているのだが、それがどうしても形にならない。まず浮んでくるのは、最初に書いた「四月六日」である。四月六日は小学校の入学式。その日、学校へ上がったはずの、郷里に残してきた子供の様子を、仕事の隙をぬすんで電話で訊合わせる父親の姿を見て、ゲンロクマメの母親は、あれが人間のドラマだと言う。

およそ生きている限り、人間には誰しもそういう切ない一瞬がある。生きているとはそういうことかもしれない。しかし、そんなら、あの皆殺しにされた赤松一族か、それとも三木城で「干殺し（ほしころし）」にされた一族か、それさえ分らない四百年前のその人間たちの、彼等の「四月六日」はどうなるのだ。あの石像たちの眼差しの彼方にあるのは、彼等の「四月六日」ではあるまいか。

自分の考えていることをこんなふうにしか私は言えないが、人間とは、それとも人生とは、何と悲しいものであることか。

（初出　一九八三年六月）

朝顔は悲しからずや

前々回「続・タンギー爺さんの朝顔」の載った雑誌が出て数日すると、松江の方のある女の人から、袋入りの朝顔の種が郵便で送られてきた。いちども会ったことのない人だが、この人はその回だけでなく、私の〈気まぐれ美術館〉をずっと読んでくれている人にちがいない。他にも、私は〈気まぐれ――〉の中で、人形町（蠣殻町のこと）の部屋のベランダに植えた朝顔のことを書いている。この人はそちらも読んで、憶えていてくれたのだろう。でなければ、ゴッホの絵の中の朝顔が本物の朝顔か、それとも日本の版画の朝顔かというような話だけで、朝顔の種を送ってくれるとは思えない。

私は去年朝顔を植えていた発泡スチロールの空箱の、固くなった土を掘返してほぐし、去年の残りの肥料を入れ、貰った種を播いた。しかし、そういうことをしているうちに、ちょっと切ないような気持になって行った。

今年（昭和六十年）は、私はもう朝顔は作らないつもりだった。今年、二月に、ゲンロクマメの母親がゲンロクマメを連れて中洲のマンションに移り、いままでの部屋は私の仕事場ということにしたので、結果的には私は殆どもとからのその部屋にいて、新しい部屋へは夜が明けてから寝に行くだけになっていることは前にも書いたが、夏も近付く八十八夜の頃、彼女は去年採っておいた朝顔の種を、新しい部屋のベランダに播いてくれと私に言った。しかし、こんどの部屋は隅田川にじかに面していて風当りが強い。朝顔は無理だろうと言って、私は彼女の希望を聴いてやらなかった。実際、マンションの高い階のベランダに朝顔を作るのは意外と厄介なのだ。こんどの部屋ほどではなくても、これまでの（つまりいま私のいる）部屋は六階で、やはり風当りが強い。伸びてくる蔓は風にあおられて、自分の力ではなかなか支えの竹にとりつけない。蔓が完全に竹に巻きつくまで、毎朝、私は、用意した細い紐でいちいちゆわえてやるのだが、そういうことをするのは彼女ではなく私の方だ。それに、そもそも彼女が朝顔を植えようと思い付いたのも、ひとつは、テレビの漫画でロボットなどばかり見ているゲンロクマメのためだが、肝腎のゲンロクマメは殆ど興味がない。二、三年やってみてそれが分っているから、こんどは彼女もたってとは言わず、あっさり諦めたが、私がやらなければ彼女ひとりではできないと知りながら彼女の頼みを聴いてやらなかった以上、私は私で、これまでの部屋にも朝顔を播く気はなかったのだ。

ところが、松江から送られてきた種を、私は早速私の部屋のベランダに播いた。人の厚意を無にしたくない、といえばもっともらしいが、これが女の人でなければ果してこうしたかどうか。こういうところが、実に私はどうしようもない。そして、だから、私はゲンロクマメの母親に対して、何かにつけてうしろめたさを感じないではいられないのだ。この朝顔が伸びてきて、ここへ来てそれを見た彼女が、（彼女はときどきこの部屋の掃除にくる）

「あら、やっぱり朝顔を播いたの」

と言う。

「うん、種を貰ったんだ」

というようなことを、私は然（さ）り気なく言うだろう。しかし、女の人からとはたぶん言わないだろう。嘘をついてはいないが、嘘にならないように気を付けているだけのことで、気持は嘘をついている。その嘘が切ない。

だが、こういう歌の文句がある。それを若い女のいい声が、私の耳の中で歌っている。

好きよ　好きよ　嘘つきは
牙の折れた　手負い熊

どの歌だったか、いまどうしても思い出せないが、中島みゆきの歌う歌である。しかし、いずれ思い出すだろう。というよりも、出くわして、あ、これだと思うだろう。この頃、私は中島みゆきの歌を、自分の部屋のラジカセで繰り返し、繰り返し聞いている。中島みゆきだけではない。いわゆるフォーク・ソング（フォーク・ソングという言葉もいまや死語だそうだけれども、そんなら何というのか知らない）のテープを夜通し十時間も聞いていることがある。さすがに何か飲んでいなければ間がもてないので、ブランデーを飲みながら聞いているが（別にブランデーに限ったことはないが、ちょうどいま手許に何本もブランデーがある）、一晩でボトルが三分の一くらいあく。その酔いも手伝うのだろうが、突然涙が出たりする。

こんなことをしている暇はないのだ。今月はこの〈気まぐれ美術館〉の他にもう一本、同じくらいの長さの原稿を書かなければならない。にも拘わらず、毎晩のようにテープを聞いて夜を明かしてしまうのは、試験の前日に、試験の科目とは関係のない小説なんか読みだしてしまう心理と同じかもしれない。ただ、試験なら落ちても自業自得と思えばすむが、こちらはそれではすまない。何が何でも書かなければならない。いったいどうするつもりなんだ、と自分で自分に言っているうちに締切り日が過ぎてしまい、それでもまだ何を書くかさえ思い付けないとすれば、もはや絶体絶命、その中島みゆきについてでも書く以外にない。

私の上にこんな異変（全く異変としか言いようがない）の起った、その、事の起こりは友川かずきである。友川かずきに会ったいきさつを、私は何回か前の〈気まぐれ──〉「トドを殺すな」に書いているが、そのとき、友川の歌の、レコードからダビングしたテープを四本、マネージャーの柴田さんが私にくれ、私は貰ったテープをしばらく、ゲンロクマメの母親に借りたラジカセで聞いていたが、それを返して、新しいのを別に買ったのだ。

ラジカセを買ったものの、当分、テープは友川かずき四本だけだったが、ある晩おそく街でビールを飲んでから、人形町の通りを歩いていると、他の店はもうみんな閉っているのにレコード屋だけが一軒開いていて、私はそこでビートルズとサイモンとガーファンクルのテープを一本ずつ、井上陽水を三本買った。ビートルズもサイモンとガーファンクルも、たぶん、私はいつか、どこかで聞いてはいるのだろうが、これがビートルズ、これがサイモンとガーファンクル、という具合には聞いたことがない。井上陽水も、何となくそういうフォークの歌手がいると聞いているだけで、それを三本も買ったのは、棚に三本並んでいる、そのどれを買えばいいか分らないのでみんな買ったのである。家に帰ってビートルズ、サイモンとガーファンクル、井上陽水の順で聞いたが、サイモンとガーファンクルを聞いていると〈コンドルは飛んで行く〉が出てきた。ああ、これがサイモンとガーファンクルだったのか、と思った。井上陽水には記憶がない。おそらく、私は初めて聞くのだろう。

ところで、その夜聞いた歌のどれもが、とにかく、実に美しいのに私は驚いた。私はすっかり心を奪われて聞き入った。こういう歌ではないと思っていたのだ。サイモンとガーファンクルだって、その名のように、ガーガーとやかましく、クルクル眼のまわるような歌だとばかり思いこんでいたのである。ビートルズにしても、井上陽水にしても同様で、何となく想像していたようなものとは全く違っていた。ということは、しかし、私が、こういう歌に夢中になったことのある世代、つまり、いまだいたい三十代くらいの若い人達を、同じような具合に思い違いしているということなのかもしれない。

実際、気が付いてみると、その年代の私の若い友人たちはみんな優しくて、親切なのであった。翌日、私が画廊へ行くと、カメラマンの雑賀（さいが）君、どこか千葉の方の婦人服の会社に勤めている後藤洋明君、先日この画廊で初めての個展をした、深谷市の古沢晋三郎君などが来ていた。みんな三十代だ。私がサイモンとガーファンクルって美しいんだねえ、井上陽水っていいねえと言うと、雑賀君は、洲之内さんがそう言うんなら僕が一緒に行って聞くものを探してあげますよ、と言い、その晩画廊の帰りに、三原橋のレコード店で、井上陽水は洲之内さんが買ったのよりこれがいい、これを聞きなさい、それからこれも聞いてごらんなさいと、小椋佳と浅川マキと河島英五とをそれぞれ一本ずつ、中島みゆきを二本、選んでくれた。

中島みゆきの名前は、友川かずきに最初に会ったとき、彼から聞いていた。友川さんの弟が、川崎から姿を消して四年後に、大阪の、阪和線の何とかいう駅の近くで鉄道自殺をした。友川さんは釜ヶ崎へ弟の遺品を探しに行った。消息の絶えていた四年間、その弟は、釜ヶ崎のドヤ街に住んで土方（どかた）をやっていたのだ。弟は友川さんと同じように詩を書いていて、弟の詩の方が評判がよかった。詩稿のノートがあるはずだと思って行ったが、それはなく、遺品としては文庫本が四冊と、中島みゆきのＬＰのレコードが一枚あるきりだった。

「中島みゆきって、やっぱり歌手なんですか」と、そのとき私は友川さんに訊き、「みゆきってどう書くんですか」と訊いて、平仮名のみゆきだと教えられたのだった。

古沢晋三郎君にはすこし前に、岡林信康のレコードを三枚借りていた。まだフォークをやりだす前の、もっぱら土方暮しの友川かずきが練馬あたりの飯場にいて、ある晩、近くの赤ちょうちんで酒を飲んでいると、店の有線が岡林信康の〈山谷ブルース〉と〈チューリップのアップリケ〉を立て続けに流した。まるで、自分の心が外へ出て行ってそこで歌っているのかと思うような歌であった。友川さんは感動した。歌にもこんな歌があるのかと思った。自分もこれをやろう、そう思って、ギターを買い、飯場でひとりで稽古を始めた。という友川さんから聞いた話を私はいつか古沢君にしたことがある。そして、友川かずきをそんなに感動させた岡林信康を私も聞きたいと思うのだが、どこを探してもレコードもテープもないと言うと、自分が持っているから貸してあげると古沢君は言って、私の留守に画廊へ届けてくれた。

もっとも、レコードを借りても、私の部屋にはそれを聞く仕掛けがない。ゲンロクマメのところのオーディオで聞くほかないので、まだ一度か二度しか聞いていないが、その後、私は、岡林があの学園紛争の頃には方々の学生の集会によばれて行って歌ったという話を誰かから聞いたとき、あのヘルメットをかぶった学生たちは岡林信康のこんな悲しい、淋しい、しかし美しい歌を聞いていたのかと思うと、学園紛争というものについて抱いていた私の観念が変った。

どうしてもオーディオが要るなあ、しかしあの、赤い電気がやたらにチカチカ点いたり消えたりする最近のやつはいやだな、何であんなものが付いているのかなあと、私がゲンロクマメの母親のオーディオを思い浮かべながらボヤいていると、丸善洋書部の井上君が、それではすこし型の古いので、音質は却っていまのよりいいのを探してあげると言い、あちこちへ訊き合わせてくれたらしくて、日をおいてプレイヤーが四国の高松から、スピーカーが都内の電気器具店から私のところへ届いた。アンプがまだ見付からない。

後藤洋明君は吉田拓郎や内藤やす子もいいですよと私に教えてくれ、あとから『わが世代　昭和二十六年生まれ』という本を持ってきてくれて、後藤君自身はもうちょっと若いらしいのだが、私がいま聞いたり聞きたがったりしている歌や歌手のことは、これを読むといろいろ分りますよと言った。つまり、その前後の年齢層がフォークにいちばん密着していた層で、フォークもまたその連中の中で生きてきた、ということなのだろう。そして、二十代はもう違う、うちのカアチャン（半年前に結婚したばかりの可愛らしい奥さんを彼はこう呼ぶ）は、たとえば中島みゆきなんかも聞きたがらない、だからいろいろと困るんだよなあ、と言うのであった。私はそのカアチャンに、なぜそうなのかと訊いた。「ネクラだから」と、彼女は一言で答えた。

それにしても、フォークの話になると、必ず世代の話になってしまうのはなぜだろう。誰と話してもそうなのだ。ひとつは、その誰にとっても、歌が、自分の世代を象徴するような物事や事件の記憶に結び付き、一つになっているのではあるまいか。例えば新宿駅西口の反戦フォーク集会では、いつも歌はまず岡林信康の〈友よ〉で始まり、最後にはまた〈友よ〉だったらしい。集まる若者の大半は高校生だった。フォーク世代ともいえばいえるその人達にとって、フォーク・ソングは自分たちの世代の象徴なのかもしれない。別に反戦集会に行かなくても、受験勉強をしながら、ラジオの深夜放送でフォーク・ソングを聞いていたという人は多い。つまりながら族だ。彼等のながら族としての自意識に深夜放送と、フォーク・ソングが結び付いていたりもするだろう。

とにかく、彼等と話してみて、彼等が一人々々、そういう歌や歌手のことを実によく知っているのに驚くのだが、しかし、世代というようなことは、実はどうでもいいのではあるまいか。世代なんてものはあるような、ないようなものだ。現にいま、大正二年生れで七十歳をとうに過ぎた私が、彼等よりも夢中になってフォークを聞いている。ちょっと薄気味悪い風景かもしれない。だが、まあいいさ（これも中島みゆきの口真似。彼女の「まあいいさあ」と尻上がりに歌う声が私の耳について離れない）、こういう歌を聞いていると、それに比べて、私などの感性の語彙は何と貧しいのだろうと思う。ひとつの新しい世界が私に見えてきた気がする。

初めの方でも書いたとおり、フォークという言葉が既に今日では死語らしい。しかし、フォーク・ソングというものはなくなったのかというと、そうではないらしい。フォーク・ソング自体が変質して（おそらくネクラではなくなって）、もうフォークとは呼ばれなくなったが、それでも他のもの、例えば歌謡曲や演歌とははっきりちがうものとして存在し、むしろ、そういうものを圧して流行しているようである。井上陽水や吉田拓郎を聞くようになってから気が付いたが、喫茶店などで流している音楽も、テレビのコマーシャル・ソングも、その他あれもこれも、中身は分らないが、私などが聞くと、歌い方も編曲も何だか彼等によく似ているのだ。

歌謡曲とはどうちがうか。たとえば井上陽水の〈あこがれ〉という歌はこんなふうに始まる。――「さみしい時は男がわかる／笑顔で隠す男の涙／男は一人旅するものだ／荒野をめざし旅するものだ」。ここまではカラオケにありそうな普通の歌謡曲と変らない。ところがここで「ラララ……」と辷って行くような調子になって、「これが男の姿なら／私もつい　あこがれてしまう」とくる。この、ひらりと身をかわすようなところが、私なんかはよくてたまらない。

雑賀君に最初に選んでもらった、中島みゆきの二本のテープの中に〈あばよ〉という歌がある。

……

明日も今日も留守なんて
みえすく手口　使われるほど
嫌われたならしょうがない
笑ってあばよと気取ってみるさ
泣かないで泣かないで　あたしの恋心
あの人はあの人はおまえに似合わない
あとであの人が聞きつけてここまで来て
あいつどんな顔していたとたずねたなら

わりと平気そうな顔しててあきれたねと

忘れないで冷たく答えてほしい

これなどもちょっと歌謡曲にはない歌だろう。歌謡曲の紋切型では、恋愛のこのニュアンスは歌えない。そして、もし、自分の言葉で歌うのがいわゆるフォークの本来だとすれば、彼女はやはりフォーク・シンガーである。フォーク・シンガーであってもなくても恋愛詩人として彼女は一流だ。

彼女は恋を失恋で歌う。まるで世界中の失恋を彼女一人でしているかのように。だが、もし恋をしてみんな仕合わせになってしまうのだったら、こんなつまらないものはないだろう。歌にも詩にもなりはしない。失恋だけが恋愛だ。

ところで、その失恋を歌う彼女の手際(てぎわ)が鮮やかである。彼女自身にどういう失恋の経験があるのかどうか、そんなことは知る由もないが、一つの失恋の、その当事者でなければ、知りようのないような一瞬を捉えて歌う。だから、彼女の歌では、彼女はいつも歌のその場にいる。いま挙げた歌の次にはこういう歌がくる。

長い髪が好きだと

あなた昔　だれかに話したでしょう
だから私　こんなに長く
もうすぐ腰までとどくわ

それでもあなたは離れてゆくばかり

この「あなた昔　だれかに話したでしょう」が凄い。この歌を書き写すためにいま歌詞カードを見ていて見付けたのだが、初めに挙げた「好きよ　好きよ　嘘つきは」というのは、同じテープの中の〈うそつきが好きよ〉という歌だった。嘘も裏切りも恋愛には付き物だ、男と女は、どちらが嘘をつき、どちらが裏切るにせよ、所詮二人は別れるときがくる、という前提のようなものが彼女の歌にはある。その上で「好きよ　好きよ　嘘つきは」と歌っているのだ。

恋の歌でないのもある。二本のテープのうち、一本の頭にはこういう歌が入っている。

黙っているのは　卑怯なことだと

小野木学「マダトウミンシテイル」 1976
27.0×38.0　クレパス、水彩（練馬区立美術館蔵）

おしゃべり男の　声がする
命があるなら　闘うべきだと
おびえた声がする
……

〈裸足で走れ〉という歌である。この歌あたりで、フォーク・シンガーとしての中島みゆきは岡林信康や、友川かずきにつながるのかもしれない。遣り場のない怒りがある。畳込んで行く声には切迫した響きがあり、切れ味は鋭く、いきなり聞いたとき、私の眼から涙が流れた。

好きということなら、こういう歌よりも〈タクシー　ドライバー〉や〈トラックに乗せて〉の方が私は好きだが、ここへ書くのはもうやめる。歌詞よりもだいじなのは、あの、ちょっと物憂いような、ちょっとなげやりな、それでいてどこか子供っぽいようなところもある声、それと、曲のテンポとリズムだ。しかし、考えてみればそれは他の歌も同様で、ここまできて無駄なことをしてきたことに気が付く。読者にもテープを聞いてもらうほうがいい。そこで、二本のテープのタイトルを書いておく。レコード店で探してください。他にも私は五本、中島みゆきを買ったが、繰り返し聞くのはやはりこの二本である。

《親愛なる者へ／おかえりなさい》
《私の声が聞こえますか／みんな去ってしまった》

ところで、こういう歌の話と、図版の絵とはどういう関係があるのか。実は、小野木学のこういう種類の画集が『最後の絵日記』という本になって、八月に新潮社から出るのだが、それに私が文章を書くことになっている。この稿の初めの方に、今月は〈気まぐれ美術館〉の他に原稿がもう一本あると書いているのがそれで、そのために作品を預からせてもらっているが、最初、作品を見ながら、一方でビートルズのテープを聞いていた。すると、歌はラジカセからではなく、絵の中から聞こえてくるような気がする。私には初めての、思い掛けない経験であった。知らぬ間に私もながら族の仲間入りをしていたのだ。

（初出　一九八五年八月）

モダン・ジャズと犬

ここのところ二、三日、毎晩、私は何となく意外な場所にいることになって、東京は広いなあという気がしている。その二、三日の最初の夜は、私は三鷹から新宿に向って青梅街道を、小谷良徳（こたにりょうとく）氏の絵を車に積んで走っていた。ではなく、ノロノロ運転の大渋滞の中にいた。次の晩は水谷八重子七回忌新派特別公演の『ふるあめりかに袖はぬらさじ』を見に行って新橋演舞場にいた。その次の晩は恵比寿の、サッポロビール工場の正門の近くのすし屋で、林美紀子さんとお酒を飲んでいた。彼女のアパートがその辺なのだ。林さんは来月（昭和六十年）（十二月）私の画廊で版画の展覧会をやることになっていて、その案内状に使う絵を決めに行ったのだった。

恵比寿の、山手線の内側のあの辺の町は、夜の八時頃になるともう殆ど人通りがなく、曲りくねった坂道が坂道に続く町筋の小さな商店も大方は店を閉めて、看板の灯の色だけになる。変にひっそりとして、物悲しく、ああ昔の東京がここにはあるなあと私は思った。十一時頃まで飲んでいて、すし屋を出ると、彼女はアパートとは反対方向の町の角まで私を送ってきて、遠くに見える交番の灯を私に指差し、あそこから右へ行って、次の角を左へ曲ると国電の恵比寿駅、その向こう側が地下鉄日比谷線の恵比寿駅だと教えてくれ、笑いながら、だいじょうぶですかと私の顔を見た。私はだいぶ酔っている。

しかし、地下鉄の階段を下りて行くと、地上とは一変して、たちまちそこは現代の東京であった。夜更けのホームは人影もまばらだが、バラバラに散らばっているその人間がまぎれもなく「ナウな」種類の東京の人間なのだ。いや「ナウな」といってはいけない。いまや「ナウな」とはいわず、「イマい」と言うのだと、先日聞いたばかりである。ついでに書いておくと、「ダサい」という言葉がもうダサいのだそうで、新語を使うには気を付けなければならない。

鼻の下に髭（ひげ）を生やした若い男が一人、雑誌を二冊重ねて手に持ち、壁に背で寄掛って、その上の一冊を開いて見ている。レインコートなどと言ったらこれまた古いと笑われそうな、しかし、私には何と呼んだらいいのか分らない「イマい」黒っぽいガブガブのコートを着ていて、その下に着ているのが何だか分らないが、開いた胸元から白い丸首シャツの襟がのぞいている。だが、無頓着なのではない。その証拠に、コートの裾から出ているズボンが尋常でない。コーデュロイともちがう縦縞の白のズボンで、靴がまた、柔らかで軽そうな白い革である。

　ガラ空きの電車が入ってきて、私とその男と二人だけが同じ扉から乗ったが、電車が走り出してしばらくすると、後部の方から、黒ずくめの女が一人、電車の中を歩いてきて、私の斜め前あたりに腰を下ろした。その腰の下ろし方が、これまた昼間の電車の中の乗客とはちがう。いきなりピュッと腰を下ろし、ピュッと脚を組んだ。カッコイイ。

　広尾で、同じような感じの男女が五、六人乗ってきたが、次の六本木へ来るといちどにドッと乗りこんで来て、車内は急に終電近い風景になった。いつも私が東銀座から人形町まで乗る、この時間のこの線の電車の、あのラッシュ状態の人間の水源は六本木だったのだ。ここから東銀座までの途中、霞ヶ関、日比谷、銀座からは、他の線からの乗換でちがった種類の人間が乗込んできて、この六本木色はだいぶ薄められてくるのだろうが、いま見る彼等はまず全部が二十代。しかし、みんな遊び疲れたという顔付で、もうあまり口を利こうともしないから、車内は妙な具合に静かである。男も女も、ぴったり身についたという服の着方ではなく、殊に女は、私にはどうしてそう見えるのか、着るというよりもいろいろ身体のまわりにぶら下げているという感じなのが共通している。だが、そこのところに何かちょっとした冒険みたいなものがあって、やってるなあと思う。私の前に立った女は、黒いレースの靴下をはき、同じく黒いレースの手袋の上から指輪を嵌めていた。

これが流行というものなら、そいつをひとつ見極めてやろうと思うのだが、私には服飾に関する知識がないうえに酔っていることでもあり、どうしてもうまく行かない。しかし、苦労して観察することもないのだった。私の隣に坐った女性が膝の上で大判のファッション雑誌らしいものを開いているのだったが、横からそれをのぞいてみると、そこに載っている写真がそっくりそのまま、私のまわりにいるのであった。これならあとで、本屋で雑誌を立読みすればいい。

ところで、いま私の見ているこの連中は、どこから来て、どこへ帰るのだろうか。そんなこと、気にする方がおかしいが、いま見ている彼等は、いま見ているこの場だけの彼等で、私の眼には不思議と彼等の日常が見えてこない。いうなれば実体が稀薄なのだ。彼等は通り過ぎて行く。ちょうど舞台の上を通り過ぎて行く人物のように。しかし、事実そのとおりなのかもしれない。彼等にとっては、六本木という街が一つの舞台なのかもしれない。そこで彼等は何かをして遊んでいたのだろうが、そこで遊ぶということは、同時に、何かを演じているということかもしれない。

その晩はしかし、私は、私自身について一つの発見をした。いつもなら、こういう風景を前にして、私は言いようのない不安に襲われ、空恐ろしい気持になるのだが、今夜はそれがなかった。却って、東京っていいなあ、面白いなあと思うのだった。なぜだろう。それはたぶん、この三カ月ほど、私がひたすらモダン・ジャズを聴いたからにちがいない。この夏前あたりから私がフォーク・ソングのテープやレコードを聴き始めたことは既に何度も書いたが、次第にそれがモダン・ジャズに変り、目下のところはモダン・ジャズに夢中になっている。この三カ月で私はレコードを三百枚くらいは買ったろう。原稿料はあげてレコードを買う。テープ・デッキも買って、毎晩夜通し、十時間くらいはレコードやテープを聴いていた。

あと一年もすれば、私もすこしはジャズを語ることができるようになるだろうが、とにかく、そんなふうにジャズを聴いているうちに、時代というものに対する考え方が変ってきたのだ。要するに、よくも悪くも時代は変る。それをとやかく言ってみてもはじまらない。芸術家は自分のその時代を生きなければならないのだ。むしろ、優れた芸術家は新しい時代を創る。変って行く時代の中で、自らもどう変って行くかが芸術の課題なのだ。その課題とシリアスに取組んで行くことで、新しい芸術と新しい美が生まれる。私はモダン・ジャズの巨人たちのシリアスな姿勢に打たれ、思ってもみなかったモダン・ジャズの世界の美しさに息を呑む思いがする。古い美は滅びはしない。しかし、新しい美も絶えず生まれてこなければならない。どんな時代にも、その時代ならではの美が生まれるのだ。

何を今更と言われるかもしれない。しかし、おそまきながら私はいまやっとそこまで来たのだ。モダン・ジャズを聴きだしてから、私は不思議と心が落着いてきた。気持が明るくなった。いずれにしても、時代というものに対する私の考え方がいま変りつつあるらしい。終電の中の六本木族の氾濫(はんらん)にも、私は肯定的に対応できるようになったのだ。ここにはここで何かがある。

酔っていたからではない。いや、酔ってはいた。人形町で電車を降り、家の近くまで来て、最近できたビルの角の、いままで見たことのない新式の自動販売機で何か飲物を買おうとしたが、何本まとめ買いができますというようなことは書いてあるのに、いくら見ても値段の表示がない。面倒臭くなって、とにかく百円玉を一つ入れ、ためしにボタンを押すと、ガタンと音がしておしるこが出てきた。しかし、酔ったときのおしるこもいいものだ。部屋に帰ってトイレに入ると、電気は煌々(こうこう)と明るく、トイレの中はまるで我家のロビーの如くであった。

私に於けるレコードとウィスキーの関係について、もうちょっと。この頃は家で飲むぶんだけでボトル一本が三日くらいのペースだが、これは、レコードを聴きながらウィスキーを飲むからである。だってそうでしょう。何もしないで、十時間も坐り続けてただレコードを聴いていることなんかできないではないか。しかし、そうやって、飲みながら夜通しレコードを聴くから、朝になるとかなり酔っている。酔うとまたむしょうに新しいレコードが欲しくなり、下駄をつっかけて出てレコード屋へ行く。なぜ下駄をはいて行くかというと下駄がそこにあるからだが、いちばん早く店の開くのが銀座の〈山野〉で、ここは十時開店。だから、たいていそこへ行くことになるが、行けばどうしても四、五枚は買ってしまう。困ったことに、モダン・ジャズのレコードは無限にあるのだ。往きは地下鉄で行って帰りはタクシーというのも、理由は別にないがそういうときの癖で、帰るとすぐに、買ってきたレコードを聴きはじめ、全部聴いてしまわないと気が済まない。そんな自分が自分でバカらしくならないようにまた飲むという具合で、とめどがない。われながらどうなることかと思ったが、十一月に入って十日ほど私は車の旅をし、それでこの、レコード買いの加速度がとまった。目的地は北九州市の八幡だったが、信濃デッサン館の野田英夫展を見るために先に信州へまわり、最初の晩は上田泊。第二日は名古屋へ行って、マエダ画廊の前田さんのところで泊めてもらうつもりが、途中、下諏訪で遊んでいて時間がおそくなり、予定を変更して多治見で一泊。三日目、中央自動車道からそのまま名神高速、中国自動車道を走って宇部へ直行。菊川画廊の菊川君の家に泊めてもらって、翌日、八幡へ行った。八幡で一泊。更に湯布院まで足を伸ばし、湯布院で二泊。帰りは別府へ出て夜のフェリーに乗り、船中で寝て翌朝大阪へ。妹の家へ寄って母に会い、その夜名古屋へ行き、前田さん宅に二泊。あとはまっすぐ東京へ帰った。走行距離二千三百キロ。もう車はやめろと誰もが言い、大変だろうと言うが、机の前に坐って徹夜で原稿書きをするのに比べると、車の運転の方がずっと楽である。というよりも、要するに私は車が好きなのだ。

湯布院の高見乾司君の家にさぶという黒犬がいる。その犬のことを書きたいが、その前にもう一度、佐藤渓（けい）のことを書いておかなければならない。一度、私はこの〈気まぐれ美術館〉に佐藤渓について書いたことがある（一九八二年一月号「湯布院秋景」、『セザンヌの塗り残し』に収録）。彼が京橋公園の中に手作りの大きな箱車を置いてその中に住み、箱のまわりには鍋だのヤカンなどがぶら下げてあったとか、突然そこから姿を消して放浪の旅に出、傘の骨直しや易者をしながら、絵を描いて日本中を歩いたとか、だいたいそんなことしか書いてないが、私のその文章が一つのきっかけになって、その後、大分市で彼の遺作展が開かれたり、湯布院に佐藤渓美術館が出来たりしたらしい（この春、一時閉鎖されたが、近く、町の元銀行の建物を使って再開されるらしい）。ただ、私はその文章の中で、放浪中の佐藤渓の、デッサンや水彩の作品については書いているけれども、彼の油絵には触れていない。そのために、佐藤渓のデッサンと水彩はいいが油絵はつまらないのではないかと言う人がいる、という話をこんど湯布院で聞かされたからである。

そうなると責任重大だ。そこで、更めて彼の油絵のことを書く約束をして、実弟の和雄氏から何点か作品を預からせてもらい、車に積んで帰ってきたが、前回、なぜ油絵に触れなかったかというと、あのとき、私は、彼の油絵をどう理解したらよいか分らなかったのだ。書こうにも書きようがなかった。油絵にもちょっと傾向のちがう二種の絵があるが、その油絵が、彼の作品全体からいえば、デッサンや水彩とはまたちがう。しかも、そういう異質の作品が、同じ時期に重なりあって現れる。この仕事から この仕事へということがない。少年時代に川端画学校へ行っていたという彼はなかなかのデッサンの名手だ。日常市井の風物に愛着を持っていたらしい彼は、井上長三郎氏をして「長谷川利行の戦後版」と言わしめるような、哀切な詩情と生活感に溢れる小品をたくさん描いている。しかし、そういう仕事と、例えばここへ図版にして出したこの「蒙古婦人」〔現「蒙古の女」、口絵参照・編者補記〕のような油絵とは、どこでどうつながるのか。困りはてて、正直言って私は油絵から逃げたのだ。

ちょうど三年前の、私が初めて湯布院へ来た日は、夜になって雨が降りだした。和雄氏の家の、窓の外でびしょびしょ雨の音のする薄暗いような部屋で、このての油絵をまわりにずらりと並べて見せられたときは、私は実に恐ろしかった。この「蒙古婦人」などはまだいい方で、どこの国のものとも分らない、強いて言えば昔の中国風の凝った衣装をつけた、幽鬼のような女性像が幾通りもあり、中には、その髪飾と首飾だけをつけた裸の女が、両脇に立たせた侍童の頭に手を載せているのがあったりする。暗い光線の下で、それが、両手に生首をぶら下げているように見える。やはり裸の女が、股を開いてこちら向きに腰を下ろし、その背後に、一面に絵馬の掛っているのもある。

いったいこれは何なのだ。宗教なのか、呪術なのか、信仰なのか、セックスなのか。東京へ帰ると、私は、佐藤渓が一時、大本教（おおもと）の本部に部屋を与えられて、大本教の機関誌の毎月の表紙を描いていたという話を思い出し、それは大本教の信仰とは無関係のことだったと聞いていながら、大本教に関する本を読んでみたり、シャーマニズムに関する無闇に分厚い本を、こちらはついに読まなかったけれども、買ったりした。幻想ともちがう。もっと生なものだ。描いた画家にとって、これは彼が住んでいる現実の世界なのだ。でなくて、どうしてこの強烈な迫力が生まれるか。この「蒙古婦人」でもだが、一度見ると頭にこびりついて離れないだろう。だからまた、それが心配で、この前、佐藤渓のことを書いたとき、私はこのての絵を挿絵にしなかったのだ。印象が強すぎる。佐藤渓のイメージがこのての絵でできてしまう。ところが、こういう佐藤渓でない、別の佐藤渓がいるのだ。懐かしい市井の詩人の佐藤渓が。

佐藤渓とは何者か。三年前に分らなかったことはいまも分らない。そういう私の目の前に、彼自身の手になる佐藤渓指名手配の高札がある（図版参照）。こんど湯布院から持って帰った作品の中にこれがあるのだ。

＊

右之者諸国を放浪漂泊し　小肥りで背丈五尺五寸ぐらい　いつも静かに笑ってゐて
単に旅絵師と称するも若干酒精なとを服用に及んで　キリストの再臨と号し　又は
教祖と云ひたることもありしと思ふと　現実的に芸術病患者を手術する医者なりと
称することもあり
しかもあらゆることをじぶんをかんじようにいれずよくみきゝしわかり　そしてわ

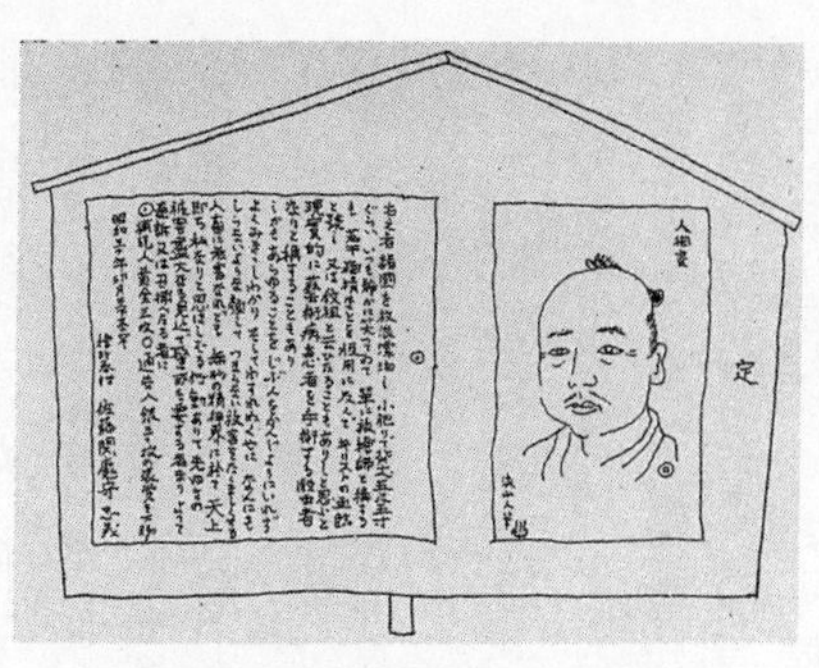

佐藤渓「佐藤渓手配高札」 1955
26.5×38.0　ペン（所蔵先不明）

すれぬくせに　なんにもしらないような顔して
つまらない放言をたくましくする　人畜に無害
なれども　無形の精神界に於て　天上即ち私な
りと思はしむる行動ありて先ゆきの　被害尽大
なる見込で警戒を要する者なり　よって直訴又
は召捕へたる者に
⊙捕縄人黄金三枚○通告人銀三十枚の褒賞を下
賜
　　昭和三十年卯月天下泰平
　　　　絵所奉行　佐藤閻魔守忠義

＊

この高札の文章に何となく「雨ニモマケズ」の口調があるのは、彼が宮沢賢治を愛読していたからだろう。和雄氏の話によると、佐藤渓の尊敬する人物は、宮沢賢治と宮本武蔵であった。

ところで黒犬のさぶだが、彼（訊いてはみなかったが、たぶん雄だろう）は高見さんのワゴン車に乗って、佐藤渓の絵を見に行く私たちと一緒に和雄氏の家へも来た。そして、私たちがそこにいる間、何時間も、その車の中で待っていた。彼は高見さんの言うことは何でもわかるそうで、毎朝、高見さんは起きるとさぶを連れて散歩に行くが、行けないときはさぶに、お前ひとりで行ってこいと言う。すると、さぶはひとりで行く。

高見さんはこの湯布院で〈糸車〉という民芸店をやっているが、私は最初、画家としての高見さんに会ったのだった。春陽会の成川雄一君が、私によく似た顔の若い絵かきが湯布院にいる、湯布院へ行くなら会ってみろと言うので、この前来たとき彼を訪ねたのだ。そのとき行った家は〈糸車〉ではなく、彼が絵画教室をやっている、もう一軒の別の家であった。そこで高見さんのお父さんに会ったが、お父さんは、普段はどこか日田（ひた）の方にいるらしい。高見さんの生まれたのはその日田である。

高見さんの家（家屋の意味ではなく、家族の意味）は、先祖代々、山で生きてきた山民族（高見さんの表現）だということである。山民族というのは山窩（さんか）、木地師（きじし）、それから平家の落人（おちうど）など。このあたりには平家谷というような地名があちこちにあり、自分の生まれた村でも、野上とか藤原とかいう姓は落人だ、という高見さんの話を聞いて、こんどここへ来る前宇部へ寄り、菊川君と一緒に、名前を忘れたが何とかという見晴しのいい小さな山へ上って、海の向こうに九州の山々を間近に見ながら、あそこが関門海峡、すなわち壇ノ浦あたりと教えてもらったばかりの私には、落人の話は実感があった。

うちが木地師なのか落人なのか山窩なのかは分らないが、じいさんは竹で籠を編んでいたし、猟もしていた、と高見さんは言う。猟はお父さんも、高見さんもする。さぶが真価を発揮するのはそのときらしい。私は高見さんの奥さんから、この家の名物のうまい湯豆腐をご馳走になったが、その箸は自分が黒文字を削って作ったのだ、と高見さんが言った。毎年、冬になると山へ行って黒文字を伐り、それを箸に削る。自分の食うくらいは山は必ず素材を与えてくれる、借金さえなければ、自分の飯代くらいならこの箸で稼げるのだが、と高見さんは言うのだ。

山で暮らす人の家には、犬は必ずいる。犬は、あるときは食糧であり（食糧には私はちょっとびっくりしたが、高見さんはこの条件を最初に挙げた）、あるときは友人であり、あるときは猟のための不可欠の道具である。高見さんの家も代々、犬とは切っても切れない関係があった。高見さんが人一倍犬に愛着があるのは、そういう祖先の血が、高見さんの中を流れているのかもしれない。どこかで拾ってきた犬でも、高見さんが三年くらい育てると自分の犬、つまり自分の家のタイプの犬になる。そうやって、なじんでなじんでなじんで兄弟みたいな犬が、何頭に一頭かできるが、そういう犬は不思議に、死ぬときは山へ入って死ぬそうである。高見さんの飼った犬で、あれはいい犬だと言われたような犬はみんなそうだった。それを、高見さんは、山へ帰ると言う。犬は本性に返るのだろうか、それとも、獲物を追って駈け続けた山中を自分の死場所と思うのであろうか。

その晩、高見さん夫婦は、いうまでもなくさぶも一緒に、私の泊るペンションまで私を送ってくれたが、途中、高見さんは、ほらオリオンが見える、こちらは小熊座、と私に空を指差してみせた。

「もう冬の空だわねえ」

と、奥さんが言った。その奥さんの背後には覆いかぶさるように黒々と夜の由布岳が聳えていて、ああこの人も山の人だな、と私は思った。

（初出　一九八六年一月）

守りは固し神山隊

北支（華北）山西省の西南部、同蒲線沿線の、どこだったか忘れたがどこかの県城の城壁に、一篇の詩が刻み付けられていた。その何行かの詩の中で思い出せるのは、そのまた最後の二行だけだが、

糧食に代へん犬　城内にいまだ多ければ
守りは固し神山隊

だったと思う。そうだ、こう書いていま思い出したが、詩の始まりはたしか、「敵は増し　緑は茂り　月いまだ出ず」だった。しかし、途中が思い出せない。以前は全部思い出せたのだ。詩は私の裡で消えようとしている。

だから、いま、その断片だけでも思い浮んだこのときに、それを書きとめておきたい。私が山西省太原の第一軍司令部に配属になったのは昭和十六年十二月、大東亜戦争の始まる直前だから、私がその県城へ行ってその壁に刻み込まれた詩を読んだのはその翌年、昭和十七年頃かもしれないが、詩が書かれたのは当然それよりずっと早く、昭和十二年の、山西進攻作戦に続く時期にちがいない。敵は国民党系の軍だろう。もし相手がゲリラ戦専門の共産軍なら、日本軍の守備隊が県城に包囲されて長期間孤立するというようなことは、その時期には起り得ないからだ。

壁の文字は勿論とっくに抹消されてしまったろう。その小さな県城で籠城を覚悟した日本軍の一個中隊（神山隊というのはたぶん中隊ぐらいだろう）があったという事実も、既に時の彼方に消え去った。こんにち誰が神山隊のことなど知っているだろうか。それにしても、歴史とはいったい何なのだろう。援軍を待ちながら犬まで食った何日か何十日かは、兵士たち一人一人にとってはかけがえのない歴史でも、いわばとるに足りないその小さな歴史は、より大きな歴史の中で消えてしまう。そのより大きな歴史も、もっと大きな歴史の中に埋没してしまう。だとすると、最後に残る最も大きな歴史とは、何か巨大な空箱みたいなものではないか。

何も彼も消えて行く。詩が私の記憶の中で薄れて行くことが私は切ない。とはいえ、始終その詩を思い出すというわけでもない。何カ月にいちどか、何年にいちどか、それも何ともいえないが、唐突にふと心に浮んでくるその詩を、今朝方、私は粟津則雄氏から昨日貰った、シューベルトの《交響曲第九番「グレイト」・第二番》のレコードを聴いていて突然思い出したのだ。いうまでもなく、シューベルトとこの詩とは何の関係もない。関係があるのは、飲みながらレコードを聴いていたその酒の方である。酒の酔いが私をとんでもない時間の中へ連れ出し、酔った頭にその詩がふと浮んだのだった。

私は酒を飲む必要がある、ということにこの頃私は気が付いた。骨の髄からの俗物である私は、酒を飲まなければ日常的な思考の枠の外へ出られないのだ。以前はそれもできなかった。酔っていても、自分が酔っているふりをしているような気がしてならなかった。この頃そうでもなくなったのは、やっと本当に酔えるようになったのだろうか。同じことが絵についても、音についても言えるかもしれない。長い間、私は芸術を口にしながら、芸術を本当に信じてはいなかったような気がする。本当の実在は芸術の世界ではなく、現実的な日常の世界だという気持が絶えずあった。やっとこの頃、芸術の世界が実在で、日常的な現実は一向あてにならない影のようなものだという気になってきたのは、もしかすると、これも酒のお蔭であろうか。

だが、その芸術なるものも私とは縁がない。私はただ、何かに溺(おぼ)れるだけなのである。あるときは革命に溺れ、女に溺れ、絵に溺れ、いままたモダン・ジャズに溺れかかっていることは前回に書いたとおりである。芸術なんてものは私には必要がない。そんなものは、それを飯のタネにしている批評家あたりに任せておけばいい。私には溺れる対象だけが必要なのだ。人生とは所詮、何かに気を紛(まぎ)らせて生きているだけのことだという気が私はする。

あの詩を私が思い出したのは、よく考えてみると、唐突のようで唐突ではないかもしれない。私はあの詩を、終りの方の「糧食に代へん犬——」から思い出したが、それは前回「モダン・ジャズと犬」の中で、湯布院の高見乾司君が、山に生きる人間と犬とは切っても切れない関係があると言い、「犬は、あるときは食糧であり……」とまず言ったのが私にはショックだったことを書いている、それが私の裡(うち)にあったからではないか。私はシューベルトを聴きながら、心の中のどこかで、いちばん書きたかった話を書けずじまいになったその原稿のことを思っていたのにちがいない。

不思議な話なのだ。高見さんは猟もするが、その高見さんの話では、獣でも鳥でも、勢子(せこ)に追われると、日によって逃げる方角が決っているというのである。今日は丑(うし)の日だからこちらへ、辰の日だからあちらへという具合に。

子丑寅卯（ねうしとらう）……と十二支のそれぞれに、たとえば子なら三、丑なら六というようにそれぞれの数字があって、子三丑六というふうにリズミカルに唱えて憶えやすくしてあるが、この数、あるいは唱え文句は一子相伝の秘伝で、長男の高見さんはお父さんから教わって知っているが、高見さんの弟たちは、一緒に猟には行くけれども知らないのだという。

猟をする日が仮に丑の日であれば、丑の方位から丑の数、六を数えて行って、六つ目の午（うま）の方角へ、その日は獣が逃げる。逃げてくる獣を途中に待受けて撃つのだが、その場所をシガキ（鹿垣）というらしい。猟師は山へ入るのにいちいち磁石を持って行ったりはしない。どこからは何山の方が北だということはよく分っている。北は子（ね）で、その子の方位を軸に、先程のような方法でその日の獣の逃げる方角を割り出すが、その数字を数えるのに、高見さんのお父さんは、握り拳（こぶし）の山になるところに並んだ指の根元の関節の骨と、その骨と骨との間の凹（へこ）みとを交互に素早く数えて行って、今日はこっちだ、こちらへ来る、そこで待て、という具合に指図をする。まさかと思うが、それが当るのだ。

あるとき、高見さんと、お父さんと、高見さんの末の弟の三人で、前回で紹介済みの黒犬のさぶを連れて山へ入ったが、さぶが萱藪の中から雉を二羽追い出し、その降りた場所が高見さんに見えた。巻狩りしてあれを獲ろうということになり、高見さんがお父さんに雉の逃げる方向を尋ねると、お父さんは例の、握り拳の骨を数える数え方をして、今日はこう来る日だ、出た方へ来る、と言う。そこで、高見さんは、お父さんと弟とにそれぞれの待つ位置を指定しておいて、自分は勢子になり、さぶと一緒に遠廻りして雉の降りた藪へ入った。すると、何分もたたぬうちにバタバタと羽音がして雉が飛び立ち、お父さんの言ったとおりの方向へ飛んで行った。銃声が二発続き、高見さんは獲ったなと思った。「おおい、どうかあ」と声を掛けると、「おちたあ」と声が返ってきた。最初の銃声はお父さんで、それは外れたが、そのときは遮蔽物の多い横手の檜山へ鳥は入ると思い、檜山を見渡す位置へ弟を立たせていた。その檜山へ入るところを、弟の銃が撃ち落したのだった。

由布岳の原生林は国有地で、国立公園でもあり、ここでは猟はできない。勢子が登山の恰好か何かしてそこへ入り、犬を連れてそこらを歩き廻って獣を追出し（厳密にいえばこれも違法だが）、民有林へ逃げこんでくるところを射手が撃つ。その日の獣の逃げる道は決っているのだから、撃ち手はそこのシガキでただじっと待っていればいい。獲物はそのシガキに向ってまっしぐらにやってくる。仮にその日が寅の日だとすると、方位の寅から寅の数、十を数えて亥の方角、つまり北北西に向って獣は逃げる。由布岳の北側は深い山に連なり、その山の取っ付きの塚原の村から鳥越あたりにかけては絶好のシガキがある。だから、その日は猟が成立つ。しかし、もしその日が丑であれば、先刻言ったように獣の逃げる方向は午の方角だが、由布岳の南麓は九州横断道路が通り、更に湯布院の市街が迫っているうえに、山には昔の大地震の山崩れの痕があったりして、いまではここでの猟は成立たない。私が湯布院へ行って、高見さんからこういう話を聞いたのは十一月十五日（昭和六十年）の狩猟解禁の数日前だったが、高見さんは奥さんに出してこさせた何やら古い磁石をしばらく睨んでいてから、その解禁日当日には、由布岳から追い出した獣は鳥越の方へ逃げる、こいつは出来るなあ、何なら弟を呼んで、やってみせてもいいと言うのであった。

ところで、こういうやり方は主に鹿猟で、猪猟にも該当するけれどもそれは猪が逃げた場合のこと、気の強い猪とか手負いの猪とかは戦うし、どうかすると、牙を立てて犬にも人間にも向ってくる。そうなると話は別だ。鹿はただひたすらに逃げる以外に防禦の手段を持たないが、その鹿だって、これでいつも成功するとは限らない。肝腎のところで撃ち損じて、逃げられてしまえばそれまでだ。うまく獲物を仕留めたときよりも、外したときのことの方をよく憶えているものですよ、口惜しいですからね、と高見さんは笑って、大鹿を撃ち損った話をした。

この話は湯布院の山ではなく、高見さんのお父さんの住んでいる日田の方の話である。その年、お父さんは、いわばホーム・グラウンドみたいなそこの山に罠を仕掛けて何頭も鹿を獲り、「最後の華じゃ」などと言っていた。その罠を、ある日、高見さんは、お父さんと二番目の弟と三人で見廻りに行ったのだ。さぶの先輩の太郎という犬を連れていた。早朝、十センチくらいある霜柱をザクザク踏んで行った。

林道から細い山道へ入るところまで来て、お父さんが寒いと言い、火を焚いて温まって行こうと言って、枯葉を集めて焚火を始めた。そのとき、太郎が何かに付けた素振りを見せた。犬が獲物を嗅ぎ付けるのを付けるといい、尻尾の振り方が変ってくる。場所が場所だけに、おおかた雉か兎だろうと思い、高見さんは、焚火をする間持たされていたお父さんの猟銃に散弾を罩め、犬の付けている藪に近付いて行った。犬が首を振り向けて、行きますよという恰好をする。行け、と合図すると、犬は藪の中へとび込んで行ったが、すると、まるで山鳴りのような音がして、何事が起ったかと思う間に、一頭の大鹿がそこからとび出した。鹿は逃げようとして立上がるときに胴震いする。その胴震いの音が山鳴りのように聞えるのだ。

とび出した鹿は、百メートルを二跳びか三跳びでとぶ速さで、萱に覆われた斜面を駈け抜けて行った。犬がキャンキャン吠えながら後を追うがたちまち引離される。斜面の稜線で、鹿はまるで絵に描いたように、大きな角を左右に振り立てた姿でこちらを振り返り、それから向こうへ姿を消した。

「あれを獲ろう」と高見さんが言ったが、そこでお父さんは例の握り拳の計算をして、やめとけと言う。あれは獲れん、今日は何の日だから、あの鹿はあのままヒコサン（英彦山）まで行く。それよりも、別のがまだその辺にいるはずだ。いまの物音に驚いてそいつが逃げる。それがこう来て、そこの二本の杉の間に出てくるからそれを撃てと、高見さんをその二本の杉の正面の位置に立たせておいて、自分は弟と二人で罠を見に山を登って行った。

三十分くらい待ったろうか。弾丸を詰めかえて待ったが鹿らしいものは一向に現れない。おやじはああ言うが本当にくるかなあと高見さんは半信半疑だ。そこへ高いところから「出らんかあ」と声がした。出ないと答えると「もう上ってこい」と言う。そして、高見さんが動き出したところで、物音がして、あの二本の杉の向こうに一頭の鹿が現れた。銃を挙げて狙ったが、位置を動いたために、前の場所からは杉の樹幹（じゅかん）の陰にかくれて見えなかった別の細い木が一本、照準の中へ入って邪魔になる。やり過ごして撃ったが、その一瞬の間に、鹿はもの凄いスピードでもう二、三十メートルも行き過ぎている。続けてもう一発。しかし、もう届かない。

お父さんのところへ行って、高見さんが口惜しがると、お父さんは鹿の尻の白い毛は見えたかと言う。鹿は尻尾を立てて走るが、弾丸が当るとパッと尻尾を伏せるので、その白い毛が見えなくなるのだ。「見えていたようだ」と高見さんが答えると、「そいじゃ当っとらんなあ、いま頃はもう何里も先を行きよる」とお父さんは言った。

百メートルを二跳びか三跳びで走るという鹿の跳躍は聞くだに凄まじい。その鹿は奈良にいるあの鹿と同じ鹿なのか、と私は高見さんに訊いた。日本鹿だから同じ種類にはちがいないけれども、あののんべんだらりと暮している鹿とは別のものと考えた方がいいでしょう、と高見さんは言う。それからまた、奈良の街で見る鹿は可愛らしいという気がするが、山で見る鹿は、野生だから勿論もっと美しいけれども、可愛らしいというような感想は起きない、見た瞬間、「獲ろう」と思う気が先に立つ、とも言うのだった。

獲物の動物を見てまず「獲ろう」と思うのは、高見さんの言う山民族の本能のようなものかもしれない。最近の話だが、日が暮れて間もなくの国道二一〇号線を、高見さんはワゴン車を運転して帰ってきた。車には例によってさぶが同乗している。天ヶ瀬温泉あたりの山道を走っているとき、不意に、ライトの光の中へ動物が入ってきた。

犬だと思い、避けようとしてハンドルを切った瞬間、光の中で長い耳が見えた。兎だ。すると、次の瞬間、高見さんは無意識にハンドルを逆に切り返していた。轢殺して、その兎を「獲ろう」としたのだ。前輪では仕損じたが、車の後部のバンパーのあたりでコツンという手応えがあった。さぶはもう先刻から眼の色を変えている。車を止め、扉を開くより早く、さぶはまっしぐらに後方の闇の中へ駈けて行って、道路の上で片息になって踠いている兎を一嚙みで嚙殺した。それは、これまで猟では獲ったことのないような大きな兎であった。

これも凄まじい話だ。私にそんなことができるか。高見さんと話していると、ときどきこういう凄まじさにぶっつかる。

湯布院で私は二晩泊った。最初の晩は、いまここへ書いたような話を高見さんの家で聞いたあと、高見さんが頼んでおいてくれたペンションへ、高見さんに案内されて行った。だいぶおそい時間だったが、おそくなるのを見越して高見さんが部屋の鍵を預かってくれていたので、本館へは寄らず（本館はもう寝静まっていた）、鍵を持って先に立った高見さんの後について広々としたベランダを歩いていて、私は穴に落ちた。

それを穴といってはは適当でないかもしれない。また、それをベランダというのも適当でないかもしれないが、とにかくその板張りの広い面積の一角の、二メートル四方くらいのその部分は、おそらくはじめから板が張ってなかったのである。つまり、そこはベランダではなかったのだ。ただ、私は酔っていたし、それに、落ちてみれば穴はやっぱり穴だ。ガタンと音がして、振り向いてみたら私がいなかった、とあとで高見さんが言ったが、私は自分でも意外な素早さで掻き上り、「だいじょうぶですか」と戻ってきた高見さんに、「だいじょうぶです」と笑って答えた。しかし、相当強く向う脛をぶっつけていることは自分で分った。

ひとりになってからズボンをぬいでみると、下穿きの脛のあたりの、煙草の箱くらいの広さが真赤になっていた。真夜中の洗面所でその下穿きを洗いながら、私は、もう長い間、血の出るような怪我をしたことがなかったのを思い出した。そして、ふと、人間はときどきこういうことがなければ駄目になるのではないかと思い、何となく満足な気持であった。

二晩目は、亀の井別荘の「雪安居」という離れに泊った。だいたいここは、私などの泊まるようなところではない。それがどうしてそうなったのかというと、その日の夕方になって私がもう一晩湯布院に泊まると言いだし、高見さんが方々訊き合わせてくれたが、生憎紅葉のシーズンではあり、おまけに土曜日ときて、どこの旅館も民宿

中谷宇吉郎「壺中天地有」 1940-41頃
35.0×35.0　紙本着色
（撮影・中谷次郎）

も満室であった。そこで、高見さんの友人の、竹細工の野々下さんが代って奔走してくれ、そこへ泊めてもらうことになったのだ。あとで聞くと、その離れは、誰か急に偉い人が来るとか、町にとって大事な人が来るとかしたときに備えて、そこだけはいつも空けてあるのだそうだが、幸いその日は、そういう人は来なかったらしい。それで、偉くない私が泊めてもらえたのであった。

　おそらく、今後も二度とああいうところへ泊まることはないだろうが、その茶室まで付いた、とはいえ簡素な建物のたたずまいもさることながら、そこの六畳の座敷の、床の間に掛っていた軸物の絵に私は感心した。頁を開いた一冊の分厚

木彫狛犬　室町時代
（著者撮影）

い書物が描いてあるのだが、その本に、何か、いかにも大事にされている貴重な本だという感じがある。文字は横文字で、開いた頁の左の上の方には何かの機械の図があり、反対の頁の下の隅にはグラフのようなものが載っているところをみると、古い蘭学の書物か何かだろう。これは絵かきの思い付かない絵だ。斬新で、洒落ていて、しかも品があり、それがまた、この部屋の閑雅(かんが)な趣にぴったりである。初め隣の座敷から何気なく見ていたが、追々気になってきて、誰だろうと思い、近寄ってみると宇吉郎という署名があった。するとあの雪の権威の中谷宇吉郎博士か、道理で、と思った。

翌朝、高見さんに会うと、高見さんの話では、亀の井別荘の当主は中谷宇吉郎の甥(おい)にあたるそうで、昨夜私の泊った離れは中谷氏の旧居を移築したものだということであった。その辺の経緯について、高見さんの話をもうすこし詳しく書きたいところだが、それよりも、昨日、高見さんのこの部屋で見た古い木の狛犬(こまいぬ)のことを、ちょっとでも書いておかなければならない。実は、それを写真に撮るために、私は滞在を一日延ばし、昨夜あの離れに泊まることになったのだった。

その写真を出しておいて、説明は一切抜きにするが、九州の山間部の神社には、こういう木の狛犬があるらしい。標高が高くなるにつれて、だんだん石が木に変ってくる。時代はさまざまで、これは室町時代とのことである。宮崎県の荒木さんという人が三十年かかって買い集めたのを、最近になって、高見さんが順々に譲ってもらうことになり、それをまた、田中さんという大阪の若い骨董屋さんが買って行くらしいが、商売のためではない。高見さんはいま、田中さんも含めた何人かで、先程からこの稿に何度も出てきたあの鳥越あたりに「空想の森美術館」というのを計画している。普通の美術館とはちがって、各人が自分の資金でそれぞれの展示場をそのあたりに建て、それを一括して「空想の森美術館」ということになるらしいが、田中さんは、いま言った狛犬や九州民窯の展示室を建てる。二階が佐藤溪作品室になる。高見さんは「木綿資料館」を作る。竹細工の野々下さんは自分の工房を。他に岩男淳一郎という人が「絶版文庫本図書館」を、瀧口道弘さんが「本草学資料館」をという具合。田中さん以外は全部土地の人である。

いつ開館かはまだ未定。目下のところは文字どおり空想美術館だが、「空想美術館」ではない、「空想の森美術館」ですよ、と高見さんはその話をするとき念を押した。鳥越のそのあたりは、かつて高見さんがお父さんと猟をして廻った懐かしい土地だ。原生林が植林され、更にそれが伐採されて、追々宅地に変ろうとしている。そこへいま言ったような美術館を作り、周囲一帯を樹木で埋め、再びそこに森を甦(よみがえ)らせようとするらしい。空想はその空想なのだ。

（初出　一九八六年二月）

〈ほっかほっか弁当〉他

絵とはあまり関係のない話で申訳ないけれども、いまここで、いつか書いておきたいと思っていた幅(はば)尚徳さんのことを書かせてください。その人は昨年の秋亡くなったが、私のアドレスブックには、長野県東筑摩郡明科(あかしな)町南陸郷(みなみりくごう)という、おそらくもう使うことのないその人の住所が、消さないでまだそのままにしてある。

はっきりしないがたぶん十年くらい前、私は車で、それまで通ったことのない国道十九号線を通って、名古屋方面から長野へ行った。中央高速がまだ中津川か恵那(えな)あたりまでしか開通していなくて、そのどちらかのインターで高速を降り、十九号線に入ったはずだ。小雨が降っていて、そのうえ途中で夜になり、初めてその道路を走る者にとっては、国道十九号線は怖い道であった。行く手に小さな鉄橋が現れ、その鉄橋を渡るものだとばかり思っていると、鉄橋の直前で上下車線が二つに分れ、私の走っている方の車線は鉄橋の外側を廻っていたりする。トンネルが狭くて、おまけに真暗で、そこへ向こうからトラックのライトが迫ってくる。避けようと思っても、どこまで左に寄れるか分らない。信州新町の手前あたりで、それまで犀川沿いに走っていた道路が不意に、殆ど直角に左折して川を渡るのだが、カーブの直前にくるまでそれに気が付かない。一昨年だったか、名古屋から志賀高原へ行く夜行のスキーバスが犀川に顛落し、大勢死者を出した事故のあったのがそのカーブだ。

たぶん、私はずっと口で呼吸しながら運転していたのにちがいない。明るく灯の点いた信州新町のドライブインで車を停め、ほっとして（長野の方からは何度もそこまで来たことがある）、名物の羊の焼肉で晩飯を食おうとしたが、咽がカラカラで、すぐには飯が食えなかった。

日本中に、こんな恐ろしい国道が他にあるだろうか、と、その二、三カ月後の〈気まぐれ美術館〉に私は書いた。何という題で、どういう話の中に書いたか思い出せないので、どこへ書いているか、急には探しようがないが（従っていつのことだったかもはっきりしないのだが）、とにかく、その号の雑誌が出てしばらくすると、この原稿の最初に書いたあの住所で、幅尚徳という人から手紙がきたのだ。自分の家は国道十九号線の傍で、藁葺きの屋根が国道から見える、老夫婦二人でそこで暮らしている、こんど十九号を通ることがあったらぜひ寄ってくれ、というのであった。最初そんな怖い思いをしたにも拘らず、十九号線は、その後、私がいちばんよく通る国道の一つになったが、しかし何度通っても、幅さんの家へは寄らずに通り過ぎた。別にこれという用があるわけではない。それに、私は人見知りをする方で、子供の頃からこれは直らない。明科（あかしな）という地名は、例の幸徳秋水の大逆事件で死刑になった宮下太吉がそこで爆裂弾を作り、どこかその辺の山の中で、町の祭りの花火の音でゴマカして試験をした土地として私は記憶している。だが、それも夢の中の出来事のような話だ。

ときどき手紙を貰った。本を送ってもらったこともある。鎌倉の近代美術館の館長室が本館正面一階の右の端にあった頃、私は土方（定一）さんのところへ遊びに行ってよくそこへ行ったが、あの館長室は資料室の中を通って出入りするようになっていて、ある日、その資料室の机の上で私は小崎軍司氏の『山本鼎と倉田白羊』を見掛け、出版元をメモして帰って注文した。長野市の新聞社の発行だったと思う。非常に面白かったので、読んだその本を誰かにやり、更に何冊か注文して、それも次々と人にやり、二度か三度に亘って二十冊くらい取寄せたが、それもやってしまってからまた注文すると、絶版になったとかで、結局私の手許には一冊もないことになった。私がまだ小崎さんを識らない頃のことだからだいぶ昔のことだ。

　そういう話を、これまたいつのことか思い出せないが、私は〈気まぐれ美術館〉に書いていて、それを読んでいたらしい幅さんから、あるとき、その本を松本の古本屋で見付けたから送りますといって送ってくれたのだ。曾宮一念氏の『榛の畦みち』を送ってくれたこともある。曾宮さんの本を送ってくれたのは、私がいつか、やはり〈気まぐれ――〉の中に曾宮さんのこと、新潟の蒲原平野の榛の木のことを書いたのを幅さんが読んでいたからだろう。何をする人かしらないが本の好きな人らしい。

　私が幅さんの家へ寄ったのは三年くらい前だったろうか。月日の流れがむやみに速くなったこの頃では、三年と思っても、実はもう一年か二年前かもしれないが……。その日は私は長野にいて、そこから名古屋へ行こうとしていたのだが、いつになく長野を発つのが早かった。明科を通りかかったのがまだ午前九時頃だった。中央高速は全線開通していて、塩尻から高速に入れば名古屋には午後一時か二時には着くだろう。そんなに急いで行くことはない。それよりも、いつものとおり十九号線を通り、奈良井宿あたりで休んで行くかなどと考えながら走っていたが、そうだ、この機会に幅さんを訪ねてみようと思った。

　そう思ったときには明科の町を半分くらい通り過ぎていたかもしれない。道端を自転車を押して歩いている人がいて、その人に南陸郷はと訊いてだいぶ後戻りし、そのあたりでもういちど訊いて、この先の火見櫓(ひのみやぐら)のところで左へ曲ると塀に瓦が載っている家がある、その家だと教えてもらった。「塀に瓦が載っている」というのは、このあたりでは大きな家だということだろう。

門の前に車を停めると、ちょうどそのとき、門の中から、折鞄(おりかばん)を抱えた老人が出てきた。私は車を降りた。

「幅尚徳さんでしょうか、私はときどきお手紙を戴く東京の洲之内ですが」

「洲之内さんか、よく来てくれましたね、さ、入んなさい」と、老人はクルリと廻れ右をして引返そうとするので私は訊いた。

「お出掛けなんじゃないですか」

「いや、こんな用事いつでもいい、明日でいいんです、とにかく入ってください」

私が道路の反対側の、古い丸太なんかの積んである草地に車を突込んでおいて、あとから門を入って行くと、老人は玄関の前に、ひとりの年寄りの女の人と並んで立って、私を待っていた。この人が手紙にあった「老夫婦」の奥さんの方かな、と私は思ったが違っていた。奥さんは先年亡くなり、近所に住んでいる幅さんの妹が、こうして折々きて身の廻りの面倒を見てくれるのだと、玄関を上がって奥の座敷へ行きながら幅さんは私に説明した。

広い家だった。奥の座敷、といま書いたのは、その前に八畳くらいの座敷を一つ通り抜けたからだが、そこには革張りのソファの応接セットが畳の上に据えてあり、部屋の二つの隅の本棚には本がいっぱい詰っていた。通された奥の座敷は築山のある庭に面していて、池には鯉が泳いでいる。その向こうに母家から鉤の手に延びた一棟があって、そちらとこちらの縁側が渡廊下で続いている。

「この頃は訪ねてくださる方もなくて、兄は淋しがっています、今夜は泊って行ってください」と、お茶を運んできた妹さんがいきなり言う。もうその気でいるらしい様子に私は慌てた。私は名古屋へ行く途中、ちょっと時間があるので寄っただけなのだ。私がそう言うと、

「ここは冬は寒いが、夏は涼しくていいですよ。この次はそのつもりで来て、一週間でも十日でも泊ってください」

と、幅さんは言うのだった。欄間に中村善策の油絵が掛っていた。訊いてみると、中村氏は戦争中、この明科に疎開していたらしい。

幅さんはすこし言葉が不自由なようであった。その不自由な言葉でもどかしそうに説明してくれたところでは、去年、屋根をトタンに葺き代えたが、数日続けて炎天下

に屋根に上がっていたのが原因で脳卒中を起こし、一年近く寝ていたのだという。そういえば、この家の屋根は、手紙に書いてあったような藁葺きではない。

ほんの三十分か一時間のつもりが二時間以上になり、振り切るようにして暇乞いしたのは午過ぎだった。妹さんにも挨拶しようと思ったが、妹さんの姿が見えなかった。降り立った玄関の前庭に、眼に染みるように赤い花が咲いていて、私は幅さんにその名前を訊いたりしたのだが、聞いた名前を忘れてしまったので、あれはいつ頃だったのか、季節も思い出せない。

「ぜひ、また来てください」

「では、また」と、口に出かかった言葉を私は嚥み込んだ。不意に、私は、もうこの家を訪れることはないだろうと思ったのだ。一期一会という言葉が胸に浮かんだ。幅さんはいくつ位か。私よりも二つか三つは上らしいが、いずれにしても、どちらも申し分のない老人である。明日のことは分らない。

ところで、門を出て、私が車を国道の方に向けようとしてバックさせていると、

「洲之内さん、明科の駅前を通るでしょう、私を乗せて行ってください」と、幅さんが言う。

「いいですよ、どうぞ」

私は先程、幅さんが折鞄を抱えて出掛けるところだったのを思い出し、その用事でそちらの方へ行くのだろうと思ったが、幅さんは鞄を取りに戻るふうもなく、私が開いたドアーから、突っかけたサンダルのままで車に乗ってきた。

駅までくると、幅さんは、ちょっとここで待っていてくださいと私に言い、私は小さな駅前の空地に車を停めた。待ってくれというのは、ここで何か一つ用事を済まし、そのあと、もう一つ別の用事で行くところがあるのだろうと私は思ったが、私を待たせておいて幅さんはなかなか戻ってこない。だいぶ経って、商店の並んだ通りの方から白いビニールの袋を提げた幅さんが現れ、私が開けようとする車のドアーを外から押さえて制し、窓を開けさせて、そこからその袋を私に手渡した。

「今日はせっかく来てもらったのに何もお構いできなくて……、これ、昼飯代りに食ってください」

袋をのぞいてみると〈ほっかほっか弁当〉だった。他にビニールの袋入りの一口シュークリーム。何ともいえない気が私はした。これが土地の名物か何かだったら、私はこんな気持にはならなかったろう。感動したのだ。

「ありがとうございました」

私は心からそう言って窓越しに頭を下げ、車を発進させた。この弁当はあだやおろ

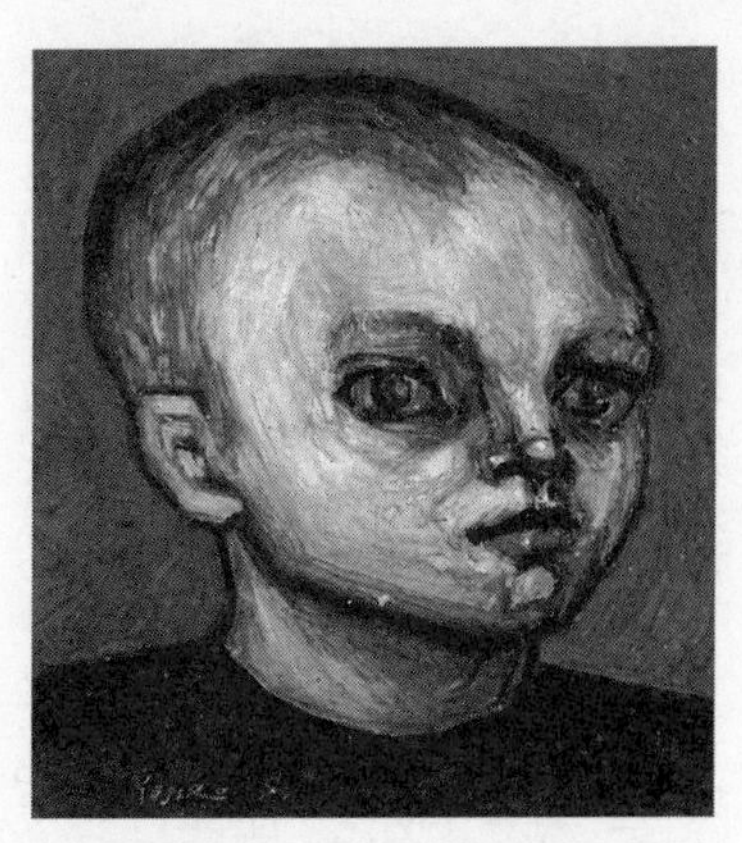

島村洋二郎「少年」 1953
26.5×24.5　クレパス（個人蔵）

そかには食えないな、と私は思った。奈良井で旧道に入って川を越え、宿場の中の湧き水の傍で私はその弁当を食った。

どうしても書いておきたかったのはこの〈ほっかほっか弁当〉のことである。なぜだろう。なぜか分らないが、いうなればこれが私の信仰なのだ。幅さんが私に〈ほっかほっか弁当〉をくれた、こういう一瞬の中にだけ、何か、信じるに足る確かな世界がある。明科の駅前で貰った〈ほっかほっか弁当〉で、いつまでも、私は幅さんを忘れることはないだろう。

五月初め頃（昭和六十二年）の某日、

「見ていただきたい絵があるのですが、いつお伺いしたらいいでしょうか」という、ちょっと強引な感じのする電話が、島村直子と名乗る女性から画廊へ掛ってきた。そして、数日後のある日、夕方になって、その人が画廊へ現われた。背の高い、精悍な顔立ちの、三十代と思われる女性である。彼女は島村洋二郎という画家をご存知ですかと私に訊いたが、私は知らなかった。

「その人の絵ですね、見せてください」

彼女が包みを解いて出した四号位（色紙大）の、額に入った絵を、私はソファの横の棚の上に置いてしばらく眺めた。寒い色と太い線を使って描いた男の顔で、作者が何か激しい想いに迫られているのは分るが、モデルの特徴の分析や把握は稀薄で、形式化が目立つ。絵は強いようで弱い。

しばらくそうして眺めていた絵を、次に私は手に取って見た。初め油絵かと思ったが発色がちがう。私が画面に眼を近付けて見ていると、訊いたわけでもないのに「クレパスです」と彼女が言った。「油絵具が買えなくて、クレパスで描いたんです」

島村洋二郎はひどい貧乏をしていただけでなく、結核で、昭和二十八年に王子あたりの病院でひとり死んだらしい。彼女は画家のことを、叔父は、という呼び方で話をする。叔父が死んだときわたしは三歳で、何も分らなかったけれども、いまのわたしは叔父の絵にも、叔父の生き方にも強く心を惹かれる。叔父のことなどもう誰も知らないけれども、その叔父のために遺作展をしてあげたいと思うのです、と彼女は言うのであった。

そうはいっても、島村洋二郎の絵は散逸してしまって、彼女の手許にも一枚もないらしい。持ってきたその一枚も、洋二郎の親友だった宇佐見英治氏所蔵のものを借りてきたらしかった。だが、他にも何点かは所在が分っていて、貸してもらえるだろうというので、それも見せてもらうことにし、彼女が私に見せにきたその一枚は、そのまましばらく画廊で預かることになった。

ところで、その晩おそくなってから、後藤洋明君が画廊へやってきたのだ。後藤君のことを、やはり以前、私はこの〈気まぐれ――〉に二度か三度書いている。郡山でレンタカーを借り、一緒に白河の関根正二の生家を尋ねて行ったのが彼で、その頃、彼は郡山で婦人服のセールスマンをしていた。現在は東京に帰ってきて、どこか森下町あたりの洋品雑貨の会社にいるらしい。年中古本屋歩きをして、特に美術関係の古い雑誌やパンフレットなどを見付けては買い集めている。いうまでもなく、絵のことも詳しい。彼は画廊に入ってきて、そこに置いてある島村洋二郎のその絵を一目見ると、

「あ、島村洋二郎」

と、驚いた声を挙げた。私が名前も知らなかった島村洋二郎を、彼は知っていただけでなく、ふだんから関心を持っていたことがその声で分る。もっとも、実物を見るのは彼も初めてだったらしい。彼の蒐集した古い雑誌類の中の写真で知っていたのだ。

そして、私がこの画家のことを何も知らないと言うと、その雑誌を貸してあげようと言い、二、三日後に、私が外出先から蠣殻町の私の部屋に帰ると、郵便受に分厚い大型の茶封筒が投込んであって、中身は一九五四年の「同時代」第七号、「美術批評」一九五六年三月号、「絵具箱からの手紙」というパンフレットの第三十三号などであった。

「同時代」は美術雑誌ではないが、その号に「島村洋二郎追悼」という特集の頁があり、岡本謙次郎、勝呂忠、吉村博次、豊倉正美、近森俊也、伊藤海彦、宇佐見英治、沢木譲次といった人たちが追悼文を書いている。他に洋二郎の書簡十二篇と年譜が付いている。

年譜で見ると、彼は大正五年東京生れ。昭和十年に浦和高校（旧制）に入学し、そのときの同級生だった岡本謙次郎氏から、後に小島信夫、宇佐見英治などに紹介されるが、入学の年の秋同校を中途退学。以後、画業に専心し、里見勝蔵氏に師事した。

昭和二十五年、彼は大森馬込に住んでいる。「このころもっとも貧窮す」と年譜にはある。二十六年頃から居所を定めず、一種の放浪生活に入るが、二十七年の十月、先の大森の下宿に戻り、そこで三度大喀血。民生委員の世話で荏原町の石病院に入院する。二十八年四月、同病院を退院後は、主として大井の簡易宿泊所に起居。「このころ油絵具を買う金もなく、専らクレパスにて、同宿人その他をえがく。色彩とみに透度をまし、夢幻的且つヒューマニスチックな傾向強まる」。七月十日から十日間、新宿の喫茶店エルテルで個展を開催。そして、これは年譜にはないが、その個展の最終日に喀血し、自ら新宿の安ホテルに転がりこむ。北区滝野川印刷庁病院に移され、七月二十九日、そこで死んだ。

山楽という、彼が転がりこんだ安宿へ宇佐見氏が行ってみると、「寝床の左に彼が昨日まで着ていた背広とワイシャツがぬぎすててあった」「彼はもう一切の持物をなくしていた。蒲団も茶碗も、著更え一つもっていない。彼は、石医院を出てから、自分の体と自分の体をつつむ服とスケッチ・ブックとただそれだけしか持たなかった。或る場所から或る場所へうつるとき彼は自分の世界をもって移動した」（「島村洋二郎のこと」）

その世界とは何だろう。そういう生活をしながら島村洋二郎は何をしようとしてい

島村洋二郎「コートを着た女」
制作年不明　32.0×26.8　鉛筆（個人蔵）

たのだろうか。何を描こうとしていたのだろうか。宇佐見氏宛の手紙（昭和二十七年四月、大田区馬込より）の中に、たとえばこんな言葉がある。「リラダンの云うところの《金剛石の色に輝くエエテルの中に夢想された純潔にして蒼白な思想》にまで昇化された一枚のタブロ」。だが、そういう彼は、客観的にはどういう存在だったろう。追悼文集の中の、豊倉正美氏の「ものの怪」という文章をここへ引いてみよう。

〈忘れかけた頃ふと訪ねて来る人でした。都心の屋根裏の小部屋に、兵舎あとの大学の寮に、またうす暗い事務所の階段わきに、ふとのっぽの彼は立って居るのです。そんな時、再会が喜ばしいものであったときにもそうでなかったときにも、彼がまだ生きていたことが、先ず私を驚かせたものでした。交り、といってもごく短い数年間のことですが、その初めのころ、あさはかにも私は、心からのいたわりをもって彼のいのちをよろこび、祝しつつ冷や飯の鍋をつつき合った。その頃の様々な思い出が、今となっては、あまく、苦しく胸を痛ませます。

やがて、素直にいたわることが出来なくなった。何というおごり、何というたかぶり。己れの絵のために、他人の繊細な感情を弊履の如く踏みすてにして顧みない粗暴な面魂。

『朝から歩き廻ってまだ米粒を口にしない』と訴える人に、一体何でめしつぶを捧げなければならぬ義務があるのか、とこれは会ったあと苦く心に食い入るいつもの思いでした……〉

文章はまだ続くが、紙数が尽きかかったのでここまでにしておこう。凄い文章だ。

島村洋二郎には私は会ったこともなく、見たこともないが、眼に見えるようだ。こういう人間がいるものだし、そういう人間に対しては誰でも本音はこうだ、というところがこの文章にはある。第三者にはリラダンもハチの頭もない。

一つ気を付けなければならないのは、豊倉氏のこの文章に限らず、他の人たちの追悼の文章のすべて、そして洋二郎の手紙も、現在の私の年齢で読んではならないということだろう。どの文章にもどの手紙にも、戦後間もない頃の世の中の匂いがしみついている。めいめいがあの時代のその人の年齢で、あの時代を生きていたのだ。それを忘れるわけには行かない。島村洋二郎が大森馬込に住んでいた昭和二十七年頃には私も大森にいた。眼に浮かぶようである。私にとっても「この頃もっとも貧窮す」という時期であった。もしかすると、そういう彼と私とは、大森の池上通りのガードあたりですれちがったということもあるかもしれない。

いずれにせよ、この文章を読んで、私は島村洋二郎の遺作展をやろうと心に決めた。時代の証言などという大袈裟（おおげさ）な言葉は私は嫌いだが、そう見れば、そういうものとして島村洋二郎の作品は生き返るだろう。とはいっても、数点の作品だけでは展覧会にはならない。読者の中に、もし彼の作品の所在をご存知の方があったら教えていただきたい。

何日か経って、直子さんが三点ばかりの絵を抱えてきたとき、私は遺作展をやりましょうと言った。そうしていろいろな人が叔父を思い出してくれるとうれしい、と彼女は言う。そうだといい。だが、展覧会というものははかないものなのだ。今日思い出した人たちも、明日はまた忘れてしまうだろう。私は彼女に言った。

「島村さんだけじゃない、人間はみんなそうして消えて行くんですよ、あなたも、この私もね」

（初出　一九八七年七月）

解説　洲之内徹　狂狷(きょうけん)と気まぐれ

椹木野衣

洲之内徹は美術評論家ではないが、美術評論家としてわたしがもっとも影響を受けた書き手のひとりである。このような言い方をするのは、洲之内が美術評論家を自認していなかったばかりか、むしろ毛嫌いしていた節があるからだ。とはいえ〝批評の神様〟と呼ばれ美術評論ものした小林秀雄は、かつて洲之内を「今一番の批評家」と呼んで太鼓判を押したようなので、洲之内を美術評論家と看做(みな)してもあながち間違いではないのだろう。けれども、現在の美術界で洲之内の文章が話題になるのをわたしはほとんど聞いたことがない。戦後美術批評の御三家と呼ばれた針生一郎、中原佑介、東野芳明については繰り返し言及され、研究も進んでいるけれども、洲之内となるとさっぱりなのだ。しかし、そういうところに現在の日本の美術批評の停滞の要因があるようにわたしは思う。

とはいえ、洲之内が批評家として振り返られない理由のひとつに、彼が画商であったことはあるにはある。本文でも出てくるけれども、洲之内は作家、田村泰次郎が銀座に開いた現代画廊を田村から引継ぎ、そこで多くの画家を世に出し、これを機に美術についての文章を手掛けるようになった。だから、洲之内の文章はアカデミックな美術史や美学の素養に支えられているわけではまったくない。しかしそもそも批評は論文ではない。どちらかといえば文芸に近い。批評が文芸であれば学問よりも書き手の主観が重んじられて当然だろう。実際、洲之内の文章を読んでいると、これはほとんどもう私小説ではないか、と感じられてくるところがある。洲之内は一時、小説家として芥川賞の候補になったこともあるから、それも当然のことかもしれない。とはいえ肝心なのは、洲之内が学問など外部の体系に支えられずとも揺るがない価値判断、言い換えれば激烈な趣味を持っていたということである。

洲之内が発した言葉で、今でもしばしば引かれるものに「買えなければ盗んでも自分のものにしたくなるような絵なら、まちがいなくいい絵である」（本書56頁）というのがある。これなどはその最たるものだろう。「この絵が欲しい」という飢えのような渇望が先に立つから、なんとかしてそれを人に伝えようとして文が成る。けれども、そのような渇望はそもそも文章などに置き換えようのないものなので、当然、洲之内は四苦八苦する。前置きが長くて肝心の絵になかなかたどり着かない。ほかでもないそれが洲之内の文の特徴でもあるが、それは単に寄り道というのではなく、そうしないとでも書き表せないのが渇望というものだろう。理論や傾向（流行）に則って文を書くというのとは対極で、そういう文は整理こそされていても四苦八苦が感じられない。つまり趣味がない。趣味を排除するのが学問なら、今どきの美術批評のほとんどが無趣味で砂を噛むような文であるのとは対照的に、やはり洲之内は批評の人であったというべきだろう。それも典型的な。

砂ではなく味わいがあるから、洲之内の文は美術という枠を超えて多くの読者を獲得した。先に挙げた小林のほかにも青山二郎や白洲正子が洲之内を愛読した。と、ここまで書いてみて、洲之内の文を好んで嗜む人たちに古美術の匂いがするのに気づく。そう、洲之内の目が向かったのは主に日本の洋画だが、その趣味性は骨董で呼ぶ「目利き」でもあったのだ。しかし目が利くならそれだけでも顧客は成り立つ。わざわざ文を書くのには及ばない。洲之内が単なる「目利き」から「物書き」になったのは、と言うよりならざるをえなかったのは、これまた目利きの編集者がいたからである。今では洲之内の代名詞のようになっている長期人気連載「気まぐれ美術館」が掲載されたのは新潮社の『芸術新潮』だが、同誌の創刊とともに同編集部に所属し、のちに編集長となる山崎省三あたりがその張本人とされている。しかしそこが主戦場となったことで、洲之内の読者層は先に挙げた名だたる著名人を遥かに超えて大きく広がった。なにせ一九七四年に始まった連載「気まぐれ美術館」は、洲之内の急逝によって終了するまで、驚くことに一四年間も続いたのだ。

このように、目利き（自発）であると同時に物書き（頼まれ仕事）でもなければならなかったという矛盾のなかで、かろうじて持続したのが、洲之内の文章最大の魅力であり特徴でもあったと、まずはいうことができる。だが、見逃してならないのは、先に主戦場と書いたが、それは必ずしも比喩ではない。洲之内のより深い原体験のなかには、まぎれもなく「戦争」があった。ここで、少しばかり洲之内の人となりに触れておくことにしよう。

洲之内が生まれたのは一九一三（大正二）年のこと、生地は愛媛県の松山である。両親はいずれも（とりわけ母方は筋金入りの）クリスチャン、洲之内は二男一女の長男で、街中で大きな陶器店を営む家は裕福であった。松山中学（現在の松山東高校）を卒業後、東京美術学校（現在の東京藝術大学）で建築科に進むが、在学中にマルクス主義に傾倒した洲之内は、やがて特高に検挙され退学となる。その後は松山に戻って活動を続けるも、二十歳の時に再度検挙され、投獄を余儀なくされる。一年と少しを経て釈放されるが、その際に当局に認められた「準転向」の烙印（らくいん）は、洲之内に生涯つきまとうことになる。この「転向」の延長線上にあるのが、日中戦争以後、戦争への協力のために応募した「宣撫官」（共産軍に対するスパイ）への着任である。結局、洲之内は大陸の各地を転々としたのち、敗戦後の一九四六年に帰国、故郷の松山に戻る。引き揚げ後は貸本屋、古本屋、汁粉屋を開きながら、戦時体験をもととする小説の執筆に長い年月を費やすことになる。先に芥川賞の候補となったというのは、この間のことである。

洲之内の小説の特徴は、それこそ「砂」という題名の作品があるように「砂を嚙む」ような読後感である。この読後感を戦争体験への容赦のないリアリズムと捉えるか、救いようのないニヒリズムと受け取るかによって、評価は大きく変わるだろう。言い換えれば、洲之内の戦争体験は、それくらい陰惨で非人道的なものだった。しかもそれは本意とは違う「転向」に端を発するものでもあった。この解決しようのない身の置き場のなさは、それこそ死にでもすれば滅することもできようが、生きて暮らす限り苦汁として身に浸潤し続けて乾くことがない。先にわたしは今時の美術批評の名を借りた学術論文のことを「砂を嚙むよう」と表現したが、二つの砂ではだいぶ性質が異なる。洲之内の「砂」も論文の「砂」も味がなく口内になんとも言えぬ異物感を残すが、後者は吐き出してうがいでもすればひとまず一掃できるけれども、洲之内の「砂」はいったん口にすると吐き出すことも洗い流すことも難しい。そして、なによりそれは洲之内自身がそうであったに違いない。

だから勘違いしてはならない。本書に収めた「ベスト・エッセイ」は、主に連作「気まぐれ美術館」から選んでいるけれども、「気まぐれ美術館」というタイトルを、なにかほのぼのした呑気(のんき)なものとして受け取ってはいけない。ここでの「気まぐれ」とは、以上のことを考えてみれば、「気まぐれ＝気分次第」ということではなく、そのようにしなければ「気の紛れようがない」、「飢餓(きが)を紛らせようがない」という強迫感を底の方に消しがたく含んでいる。小説家として名をなせなかった洲之内に晩年、与えられた舞台が『芸術新潮』という晴れ舞台であったことから、それは幾重にもわたってオブラートに包まれ、実際に人気エッセイにもなったわけだけれども、根底には最後まで本人のなかで和解することができなかったはずの転向や戦争が居ついて離れず、時にあからさまに浮上して読者の不意を突く。ゆえに、洲之内は「目利き」であると同時に「物書き」である矛盾の間にいたと書いたけれども、この葛藤はかつて「見たもの」をいまここにある「絵＝文章」へと絶え間なく置き換え続けなければならない、という無際限とともにあった。そうでなければ洲之内は戦後を生き延びることなどできなかっただろうし、逆にいえば癒(いや)すことのできない渇望を絵の売買に託す、つまりは「盗み」というカタルシスを働かせないことによって、洲之内の暮らしはかろうじて成り立っていた、というべきだろう。

本書の編纂は、そのあたりのことも含めて選んでいるから、はたして「ベスト」という言葉がふさわしいかはわからない。けれども、少なくともこれらの洲之内の特性を念頭に入れたつもりではある。だが、そのうえで触れておきたいのは、容易には解決のできない「気紛わし」や「飢餓」を抱えながらも、こうして時系列に沿って洲之内の残したエッセイを読んでいくと、最後の方になって、単純な和解とは言えないもののの、みずからの内なる「砂」が、やや細かめに砕けていく様が感じられる。それはいささか唐突に、中島みゆきや井上陽水といった「フォーク」への共感が寄せられたり、モダン・ジャズへの耽溺が表明されたりする件りに顕著で、事実それは洲之内の言葉によって次のように語られる。

その晩はしかし、私は、私自身について一つの発見をした。いつもなら、こういう風景［六本木あたりで地下鉄に乗り込んできた若者たちの様子・編者補記］を前にして、私は言いようのない不安に襲われ、空恐ろしい気持になるのだが、今夜はそれがなかった。却って、東京っていいなあ、面白いなあと思うのだった（傍点編者、本書258頁）。

そして、そのように思うようになった心境にジャズの影響があると気づいて、次のように続けるのだ。

あと一年もすれば、私もすこしはジャズを語ることができるようになるだろうが、とにかく、そんなふうにジャズを聴いているうちに、時代というものに対する考え方が変わってきたのだ。要するに、よくも悪くも時代は変る［中島みゆき「時代」の歌詞には「時代は巡る」「時代は回る」の一節がある。傍点、編者補記］。それをとやかく言ってみてもはじまらない。芸術家は自分のその時代を生きなければならないのだ（本書258頁）。

さらに、これに続く一篇のなかで、驚くことに洲之内は次のように結論する。

長い間、私は芸術を口にしながら、芸術を本当に信じてはいなかったような気がする。本当の実在は芸術の世界ではなく、現実的な日常の世界だという気持ちが絶えずあった。やっとこの頃、芸術の世界が実在で、日常的な現実は一向あてにならない影のようなものだという気になってきたのは、もしかすると、これも酒のお蔭であろうか（本書271頁）。

酒、というのはこの頃、洲之内はジャズを聴く際に必ずウイスキーを飲むようになったことを指しているのだが、さらにもっと驚くのは、酔いの力も手伝ってようやく会得することができるようになった「芸術の実在」という達観を、次の行で洲之内はいとも簡単に手放してしまうのだ。

> だが、その芸術なるものも私とは縁がない。私はただ、何かに溺れるだけなのである。あるときは革命に溺れ、女に溺れ、絵に溺れ、いままたモダン・ジャズに溺れかかっていることは前回に書いたとおりである。芸術なんてものは私には必要がない。そんなものは、それを飯のタネにしている批評家あたりに任せておけばいい。私には、溺れる対象だけが必要なのだ。人生とは所詮、何かに気を紛らせて生きているだけのことだという気が私はする［本書272頁、傍点編者］。

長く引用したが、この幾行かは洲之内の「気まぐれ美術館」中でも特筆すべき箇所である。なにせ「私には芸術は必要ない」と断言しているのだから。そして「気まぐれ美術館」の「気まぐれ」の正体とは、先にも少し触れたが「人生とは所詮、何かに気を紛らせて生きているだけのこと」に違いないという、この箇所にこそあるのだと思う。「気まぐれ美術館」の正体とは、実は「気紛らせ美術館」だったのだ。

さて、そろそろ気分を変えて本解説の締めくくりに取り掛かろう。そんな洲之内を追いかけて、わたしも日本全国を多少は歩いた。洲之内は決してよく言ってなかったが、生地の松山にも何度か足を運び、洲之内の手に渡った絵を収蔵する町立久万美術館館長の高木貞重さんの案内で、洲之内が通い、時にはカウンターの向こう側に立ったという伝説の「サントリー・バー露口」（二〇二二年九月に閉業）のカウンターで何度かハイボールを飲む幸運に与(あず)かった。また二〇一七年のことになるが、新潟では、晩年の洲之内が頼った美術評論家、大倉宏さんの案内で、本書でも洲之内が終(つい)の住処(すみか)めかして書いている出湯温泉の近くで、斜面の藪(やぶ)にすっかり埋もれていた山荘を訪ねもした。この訪問の頃、本書で口絵に収載している佐藤渓「蒙古の女」は別府にあり、その当時の所蔵者で佐藤渓の熱烈な愛好家であった高橋鴿子(はとこ)さんも一緒だった。あまりに藪が深いので下で待っていた方がいいと押し留めた鴇子さんが、いつのまにか勝手に藪を掻き分け山荘まで来てしまったのには驚いた。彼女を虜にした佐藤渓を世に出した洲之内の山荘を、鴇子さんもひと目見ておきたかったのだろう。その鴇子さんも二〇二一年の暮れには亡くなった。先の高木館長が企画し、私の監修のもと久万美術館で開催された「怪物　佐藤渓」展（二〇二二年）の開催を待つことなく、闘病の末でのことだった。高木館長、大倉さんには篤く感謝するとともに、洲之内が最後にたどり着いた絵の境地（最初の見解を撤回）とも言える「蒙古の女」を大事に守ってくれた鴇子さんに改めて追悼の意を表したい。

追悼といえば、洲之内は一九一三年の生まれだから、実は去年二〇二三年がちょうど生誕一〇〇年にあたっていた。だが、洲之内の「気まぐれ美術館」シリーズの単行本は、文庫となり手に入りやすくなったのち双方とも絶版となり、長く入手困難が続いていた。私としても大変惜しいと考えていただけに、筑摩書房の永田士郎さんから編者になってほしいとの依頼が届いた際には、大変嬉しかった。永田さんは著作権者との交渉から資料の整理、有益な提案など、一貫して頼もしい仕事をしてくださった。これを機に、改めて洲之内の文章を手に取る人のほかにも、ぜひとも新たな読者の手に届いてくれることを望む。

最後となるが、洲之内が手元に残したコレクションは、まとまったかたちで現在、宮城県美術館に収蔵されている。人気の展示なようで、かねてから常設で一部をいつも見られるようになっていたが、現在は改修工事のため長期休館中で、リニューアルオープンは二〇二五年となるようだ。本書で気になった方は、その際にはぜひ仙台まで足を運んで実作の数々を目にしてほしい。

実は洲之内の死後、この「洲之内コレクション」をどこが引き受けるかについてはいろいろ顚末があったようだが、結局、洲之内が行き違いであまりよく書いていなかった仙台という地の美術館に収まったというのは、皮肉な話といえる。もっとも、洲之内は故郷である松山のこともよく言ってはいなかったわけなので、それはそれでいい気がする。もっとも、松山への洲之内の思いには愛憎が混じっていて、出身校である現在の松山東高校の校歌を作詞したのは、ほかでもない洲之内である。二〇一五年には甲子園（センバツ、八二年ぶり二度目）に登場し、その校歌が全国に放送された。もしも洲之内が生きていて、テレビから流れる自分が作詞した校歌を聴いたなら、いったいどう思っただろうか。やはり「時代は変わった」と言っただろうか。

付記・洲之内の履歴については「解説ノート」『洲之内徹　文学集成』（月曜社、二〇〇八年）を主に参照した。

底本一覧

画廊のエレベーター	『絵のなかの散歩』1998年、新潮文庫
海老原喜之助「ポアソニエール」	同前
松本竣介「ニコライ堂」	同前
中村彝と林倭衛	同前
鳥海青児「うづら」	同前
森田英二「京都花見小路」	同前
四畳半のみ仏たち	『気まぐれ美術館』1996年、新潮文庫
山荘記	同前
海辺の墓	『帰りたい風景』1990年、新潮文庫
続 海辺の墓	同前
銃について	同前
セザンヌの塗り残し	『セザンヌの塗り残し』1983年、新潮社
フィレンツェの石	同前
村山槐多ノート（一）	同前
月ヶ丘軍人墓地（一）	『人魚を見た人』1985年、新潮社
その日は四月六日だった	同前
朝顔は悲しからずや	『さらば気まぐれ美術館』1988年、新潮社
モダン・ジャズと犬	同前
守りは固し神山隊	同前
〈ほっかほっか弁当〉他	同前

本書は、ちくま文庫のオリジナル・アンソロジーです。

森田英二氏と入江光太郎氏の著作権継承者を探しています。もしもご存じの方がいらっしゃいましたら、弊社へご連絡ください。03-5687-2693（代表）

向田邦子 ベスト・エッセイ
向田和子 編
いまも人々に読み継がれている向田邦子。その随筆の中から、家族、食、生き物、こだわりの品、旅、仕事、私……、といったテーマで選ぶ。（角田光代）

開高健 ベスト・エッセイ
小玉武 編
文学から食、ヴェトナム戦争まで――おそるべき博覧強記と行動力。「生きて、書いて、ぶつかった」開高健の広大な世界を凝縮したエッセイを精選。

色川武大・阿佐田哲也 ベスト・エッセイ
色川武大／阿佐田哲也
大庭萱朗 編
二つの名前を持つ作家のベスト。文学論、落語からタモリまでの芸能論、ジャズ、作家たちとの交流も。阿佐田哲也名の博打論も収録。（木村紅美）

吉行淳之介 ベスト・エッセイ
吉行淳之介
荻原魚雷 編
創作の秘密から、ダンディズムの条件まで。「文学」「男と女」「紳士」「人物」のテーマごとに厳選した、吉行淳之介の入門書にして決定版。（大竹聡）

井上ひさし ベスト・エッセイ
井上ひさし
井上ユリ 編
むずかしいことをやさしく……幅広い著作活動を続け、多岐にわたるエッセイを残した「言葉の魔術師」井上ひさしの作品を精選して贈る。（佐藤優）

杉浦日向子 ベスト・エッセイ
杉浦日向子
初期の単行本未収録作品から、若き晩年、自らの生と死を見つめた名篇までを、多彩な活躍をした人生の軌跡を辿るように集めた、最良のコレクション。

田中小実昌 ベスト・エッセイ
田中小実昌
大庭萱朗 編
東大哲学科を中退し、バーテン、香具師などを転々とし、飄々とした作風とミステリー翻訳で知られるコミさんの厳選されたエッセイ集。（片岡義男）

高峰秀子 ベスト・エッセイ
高峰秀子
斎藤明美 編
複雑な家庭事情に翻弄され、芸能界で波瀾の人生を歩んだ大女優・高峰秀子。切れるような感性と洞察力で本質を衝いた傑作エッセイを精選。（斎藤明美）

殿山泰司 ベスト・エッセイ
殿山泰司
大庭萱朗 編
独自の文体と反骨精神で読者を魅了する性格俳優、故・殿山泰司の自伝エッセイ、撮影日記、ジャズ、政治評。未収録エッセイも多数！（戌井昭人）

柴田元幸 ベスト・エッセイ
柴田元幸 編著
例文が異常に面白い辞書。名曲の斬新過ぎる解釈。そして工業地帯で育った日々の記憶。名翻訳家が自ら選んだ、文庫オリジナル決定版。

ちくま文庫

洲之内徹ベスト・エッセイ1

二〇二四年五月十日　第一刷発行

著　者　洲之内徹（すのうち・とおる）
編　者　椹木野衣（さわらぎ・のい）
発行者　喜入冬子
発行所　株式会社　筑摩書房
東京都台東区蔵前二―五―三　〒一一一―八七五五
電話番号　〇三―五六八七―二六〇一（代表）
装幀者　安野光雅
印刷所　星野精版印刷株式会社
製本所　株式会社積信堂

乱丁・落丁本の場合は、送料小社負担でお取り替えいたします。
本書をコピー、スキャニング等の方法により無許諾で複製することは、法令に規定された場合を除いて禁止されています。請負業者等の第三者によるデジタル化は一切認められていませんので、ご注意ください。

ISBN978-4-480-43950-5 C0195